심심과
열심

심심과
열심

김신회

민음사

프롤로그
시간은 사랑

언젠가 사랑이 뭐라고 생각하냐는 누군가의 물음에 이렇게 대답한 적이 있다. "사랑은 시간을 쓰는 일이죠."

좋아하는 사람을 떠올릴 때면, 그와 보낸 시간이 먼저 생각난다. 이제껏 수많은 시간을 함께했지만 앞으로 보낼 시간이 더 많이 남아 있을 것 같다. 같이 이것도 하고 저것도 하고 싶다. 그에게라면 내 시간 따위 기꺼이 내어 주고 싶다. 가장 많은 시간을 함께 보내는 사람은 가장 사랑하는 사람. 시간은 거짓말을 하지 않는다.

내가 이제껏 살면서 가장 많은 시간을 써 온 일은 글 쓰는 일이다. 그건 내가 가장 사랑하는 일이 곧 글 쓰는 일이라는 뜻 같아 불현듯 엄숙해진다. 학창 시절 내내 주고받은 쪽지와 편지가 생각난다. 방송 일을 하는 동안 수십 편의 대본을 썼고, 어렸을 때부터 지금까지 일기를 쓰거나 메모하면서 감정과 생각을 정리해 왔다. 글 쓰는 일이 직업이라는 사실에 감사하는 마음을 갖고 있으며, 이 일을 하게 돼 다행이라는 생각도 그만큼 자주 한다.

에세이를 쓰면서 산 지 13년이 됐다. 길지도 짧지도 않은 세월이다. 예전 직업인 방송 작가 일은 2000년부터 시작했으니, 글 쓰면서 산 지는 햇수로 21년이다. 마음과 시간을 들여 해 온 만큼 좋아하는 일임에 틀림없지만 그동안 지친 적이 없다고 한다면 거짓말이다. 특히 이 책을 준비하기 직전엔 피로감이 절정에 달했다. 그런 마음이 들 때마다 웬일인지 내가 보내 온 시간이 떠올랐다.

그에 대해 써 보기로 했다. 이만큼 해 왔기 때문에 사랑하게 된 것일 수도 있고, 사랑하기 때문에 이만큼 해 온 것일 수도 있지만 어쨌든 시간은 사랑이니까. 물론 사랑은 미움과 연민, 지긋지긋함을 모두 포함하는 말이다. 글 쓰는 행위에도 그 모든 감정이 다 들어 있다. 즐겁기만 해서도, 힘들기만 해서도 지속할 수 있는 일이 아니기에 골치 아플 때도 있다.

가끔 만나는 사람들은 물론 독자들, 혹은 글쓰기 수업에서 만나는 학생들은 종종 나의 일상과 일에 대해 질문한다. 통일성 없이 느껴지는 호기심들은 대략 두 갈래로 나뉜다. "글은 어떻게 쓰는 건가요?" 그리고 "글 쓰며 사는 삶은 어떤가요?"

나에게는 그저 비슷한 하루하루지만, 가끔 나 역시 다른 작가들은 어떻게 지내고 또 어떻게 쓰고 있는지가 궁금한 걸 보면 언젠가 그 이야기를 해 봐도 좋겠다고 생각해 왔다. 이 책이 그 질문들에 대한 대답이 될 것 같다.

　　쓰는 사람으로서의 나를 보여 줄 수 있게 되어 기쁘다. 나의 사소한 글쓰기 습관들이 누군가에게 쓰는 일에 대한 흥미를 불러일으킬 수 있다면 더 반갑겠다. 한마디로 정리 안 되던 그동안의 감정과 경험을 풀어놓다 보니 쓰면서 웃기도, 그만큼 울기도 했다. 그 시간 자체가 나에겐 치유였다는 것을 원고를 다 쓰고 나서야 깨닫는다.

　　이 책을 읽다가 문득 마음이 움직여 컴퓨터 전원을 켜 한글창을 열거나 구석에 던져 둔 수첩을 꺼내 무언가를 끄적이는 사람이 있다면 기쁠 것 같다. 그 시간을 보내는 동안 스스로를 아끼고 자신의 글을 사랑하게 된다면 더 바랄 게 없겠다.

　　쓰는 일에는 힘이 있다. 그 힘은 내 안에서 나온다. 그러므로 우리는 자신을 믿어야 한다. 나에게서 나올 글을 믿어야 한다.

차례

근로자입니다, 또 고용주이고요

에세이는 사소함을 이야기하는 글

가장 빛나는 글감은 사람

나는 이렇게 쓴다

태어나서 처음으로 책을 썼다

방송 작가로 일하던 14년 전 가을, 준비하던 프로그램이 엎어지면서 갑자기 백수가 됐다. 그 바닥에서는 워낙 흔한 일이라 크게 충격받지는 않았지만 직업에 대한 회의가 드는 것은 어쩔 수 없었다. 매일 밤을 새서 이제껏 없었던 것들을 만들고, 엎고, 다시 만들고, 또 엎고, 수없이 '처음부터 다시'를 반복해 봐도 결국은 세상에서 사라질 것들을 위해 일하는 것. 그런 일임에도 보장된 수입과 고용 안정은 꿈꿀 수도 없다는 점에 정떨어졌다.

처음부터 끝까지 공동 작업을 해야 한다는 점도 나와 맞지 않았다. 사소한 사항 하나도 확인에 확인을 하고 회의에 회의를 거듭하는 동안 회의주의자로 거듭나고, 누군가를 설득하고 내 편으로 만드는 일을 주로 하다 보니 사람들의 눈치를 살피고 싸울 일을 줄이는 데 더 에너지를 쏟게 되었다. 머릿속 공상을 구체화해 현실로 만드는 일이 주는 기쁨은 컸지만 그걸 누리기 위해 감당해야 하는 일들이 벅찼다. 그런 사실을 증명이라도 하듯 방송일을 하는 내내 위염과 불면증을 달고 살았다. 그런데도 늘 통장은 '텅장'이었다.

또 한 번 백수가 된 김에 책을 써 보기로 했다. 다른 사람들의 의견에 휘둘리지 않고 내가 하고 싶은 이야기를 하고 싶었다. 책은 어떻게 쓰는 건지, 어떻게 하면 출판할 수 있는지 아는 게 없었지만 무턱대고 해 보자고 마음먹었다.

가장 신나게 쓸 수 있는 이야기가 무엇일지 생각해 보니, 혼자서 줄기차게 다녔던 일본 여행을 소재로 무언가를 써 볼 수 있겠다 싶었다. 결심이 서자마자 도서 기획안을 만들었다.

도서 기획안 샘플이 있었던 것도 아니고, 조언을 구할 사람도 없었지만 방송국에서 프로그램 기획안을 꾸준히 써 온 경험이 도움이 됐다. 책의 이름을 정하고(도서 제목), 어떤 책인지 설명하고(기획 의도), 어떤 사람들이 읽으면 좋을지(타깃 독자층) 따져 보고, 쓰고 싶은 이야기를 목차로 정리한 뒤 샘플 원고를 썼다.

책 제목은 '도쿄 싱글 식탁'. 혼자 하는 일본 여행에서 혼자서도 먹을 수 있는 일본 음식을 소개하는 책이었다. 기획안에는 "그동안 일본을 여행하며 먹은 음식들과 그 음식을 맛

볼 수 있는 음식점 정보를 감각적인 사진 및 글을 통해 소개한다."라고 썼다.

　며칠 밤을 새워서 기획안을 쓰긴 썼는데 이다음에는 어떻게 하면 되는 건지 캄캄했다. 그래서 무작정 서점에 갔다. 마침 대한민국에 여행 에세이 붐이 일어 본업이 따로 있는 사람들도 책을 내 인기를 끌던 시기였다. 그 유행을 증명하기라도 하듯 서점에는 커다란 매대 전체가 여행 에세이로 채워져 있었다. 잘만 하면 조만간 여기에 내 책이 놓일 수 있는 건가. 부푼 가슴을 단속하며 매대 왼쪽부터 오른쪽까지 샅샅이 살폈다.

　마음에 드는 책을 골라 보니 어떤 출판사에서 어떤 느낌의 책이 출간되는지 파악할 수 있었다. 그렇게 고른 책 맨 뒷장에는 출판사 주소와 이메일 주소가 적혀 있었다. 수십 권의 책을 뒤적이며 스무 군데 출판사의 주소를 하나하나 수첩에 옮겨 적었다.

　다음 날, 그 출판사들에 기획안을 보냈다. 출력해서 우편으로 보내기도 하고, 파일을 첨부해 이메일을 보내거나 각 출판사 홈페이지 독자 투고란에 입력하기도 했다. '연락이 안 와도 어쩔 수 없지.'라고 생각하면서도 그게 결말이라면 속상할 것 같았다. 만약 스무 곳 중 단 한 곳도 연락을 안 준다면? 다시 방송 일을 찾아봐야 하나? 당시는 독립 출판에 대한 개념도 희미하던 때라 다음 단계로는 뭘 준비해야 할지 감이 안 왔다. 책은 출판사 없이는 못 내는 줄 알았다.

앞일이 어떻게 펼쳐질지 알 수 없었음에도 스스로 움직였다는 사실 자체에 무척 고무되었다. 누구도 시키지 않은 일을 혼자 시작해서, 미지의 길을 떠나는 느낌에 벅찼다. 마음에는 용기가 있었고, 근거 모를 확신이 퐁퐁 샘솟았다. 혹시나 출판사로부터 연락이 올까 봐 틈만 나면 메일함을 새로고침하고, 화장실에 갈 때도 휴대폰을 들고 갔다.

2주가 채 지나지 않아 출판사 여섯 군데에서 연락이 왔다. 세 군데는 대형 출판사였고, 세 군데는 중소 출판사이거나 1인 출판사였다. 스무 군데 중 여섯 군데면 기획안이 나쁘지는 않았다는 거네? 뿌듯해진 마음에 가장 먼저 한 일은 친구들을 만나 이미 책을 열 권 정도 낸 사람처럼 잘난 척을 한 거였다. 하니까 되더라고, 이제 곧 책이 나올 것 같아, 책 나오면 한 권 줄게…… 자만심이 풍선처럼 부풀어 올라 하늘을 떠다녔다.

회신이 온 출판사 담당자들과 전화나 이메일로 대화를 나누고, 그중 몇 사람은 직접 만났다. 출판사가 제시하는 아이디어는 모조리 달랐다. 기획안을 처음부터 끝까지 손보고 싶어 하는 곳도 있었고, 내 의견을 듣기보다 자신의 이야기를 더 많이 하는 편집자도 있었다. 신인 작가답지 않은 덤덤한 태도에 심기 불편해 하는 출판사 대표도 있었다.

진절머리 나던 방송 일이 떠올랐다. 이래서 그 일이 싫었는데, 비슷한 과정으로 또 일하고 싶지 않았다. 그래서 내 아이디어를 최대한 존중해 주는, 믿고 가도 되겠다고 판단한 편집자가 있는 출판사와 생애 첫 책 계약을 했다.

그날 이후 또 여러 밤을 새워 가며 원고를 쓰고, 도쿄로 가서 음식점 취재를 하고 사진을 찍었다. 여행자로서 즐기던 때와 달리 쌀쌀맞고 협조라고는 안 되는 분위기에 한껏 올라간 어깨는 서서히 움츠러들었지만 꾸역꾸역 취재를 마치고 집으로 돌아와 하루에 열다섯 시간씩 글을 썼다. 최종 원고를 완성하고는 며칠 동안 잠만 잤다. 3개월 동안 그 과정을 겪고 나니 생애 첫 책이 나왔다.

책을 쓰고 싶다는 열망만 가득했을 뿐 어떻게 해야 한다고 가르쳐 준 사람도, 도와준 사람도 없었다. 처음에는 그 점이 막막했지만 지금 생각해 보면 그래서 가능한 일이었던 것 같다. 아는 게 하나도 없어서 날것의 나를 보여 줄 수 있었고, 가진 거라고는 시간과 체력뿐이어서 손에 쥔 걸 잃게 될까 봐 두려워할 틈도 없었다. 이름 석 자 알려지지 않은 사람도 책을 낼 수 있는 토양 역시 잘 갖춰져 있었다.

그 후, 책을 내고 싶다며 도움을 청하는 사람을 만날 때마다 그때 쓴 기획안을 보내 주었다. 그리고 말했다. "나도 했으니까 너도 할 수 있어." 지금 보면 이게 말인지 발인지, 뭐 이런 걸로 책을 낼 수 있다고 믿었던 건가 싶은 초라한 종이 몇 장이지만, 그 안에는 새로운 일에 대한 기대와 있는 대로 끌어모은 패기가 담겨 있다. 아마 나에게 연락한 출판사 편집자들도 그걸 본 게 아닐까. '아직 천지 분간도 못 하는 것 같은데, 일단 한번 만나나 볼까?' 하고 궁금해 했던 게 아닐까.

나의 첫 책은 망하지도, 많이 팔리지도 않았지만(현재는 절판되었다.) 그 책 덕분에 또 다른 책을 써 보지 않겠느냐는 연락을 받았다. 그날 이후 수십 장의 도서 기획안을 쓰고, '까이고', 다시 쓰고, 버리는 일을 하면서 지금까지 왔다. 하지만 뭔가에 홀린 듯 매일 밤을 새우며 '진짜 내 글'을 신나게 쓰던 그 시간만큼은 다시 맛본 적이 없다.

한마디로 정리할 수 없는 타이밍과 인연과 행운이 하나가 되어 세상에 나올 수 있었던 나의 첫 책. 다시 펼쳐 보는 일에는 용기가 필요하지만 그 책 하나가 새로운 길을 열어 주었다는 사실에는 하염없이 감사하게 된다.

그 한 권 덕분에 나는 지금껏 이렇게 쓰면서 살고 있는 것이다.

나는 이렇게 글을 쓴다

글 쓰는 사람에게는 각자 자기만의 작업 방식이 있을 텐데 나는 대략 이런 순서대로 쓴다.

1 무엇에 대해 쓸지 정한다.

2 글의 제목을 붙인다.(목차를 정리한다.)

3 쓴다.

4 쓰면서 주제를 찾는다.

5 초고를 완성한다.

6 논다.

7 읽고 고친다.

8 안 풀리면 포기한다.

글쓰기의 시작을 크게 '충분히 생각하고 나서 쓰기', '쓰면서 생각하기'로 나눈다면 내가 글 쓰는 방식은 후자에 가깝다. 글쓰기를 유도하는 것은 '사고'이지만 쓴다는 것은 일종의 '행위'라고 생각하기 때문에 생각도 쓰면서 하는 편이다. 손을 움직이면 머리도 같이 움직인다.

본격적으로 원고를 쓰기 전에 먼저 제목을 붙인다. 이 작업은 '무엇을 쓰더라도 이 이야기에서 벗어나지 말 것'을 스스로에게 인지시키기 위한 것이다. 글의 제목은 '유동적인 주제' 같은 것이다. 원고를 완성한 후 바꿀 때도 많지만, 일단은 제목 먼저 정하고 글쓰기를 시작한다. 제목이 여러 개 모이면 목차가 된다.

목차를 작성하는 일은 곧 소재를 모으는 일이다. 목차는 한 권의 책에서 어떤 이야기를 얼마나 다양하게 할 수 있는지 가늠하는 수단이 된다. 그래서 원고 작업을 하기 전에 목차를 만드는 데 긴 시간을 쓴다. 이 작업을 통해 글쓰기를 위한 마음을 다지고, 어떤 글을 어떻게 쓸지 가늠해 볼 수 있다.

목차를 작성할 때는 생각나는 모든 소재를 제목으로 바꾸어 목록을 만들어 본다. 무턱대고 제목부터 떠오르는 경우도 있고, 어떻게 풀어야 할지 감이 안 오는 소재도 있다. 책 한 권당 대략 50~60개 정도의 제목을 뽑아 두고 수시로 점검하며 원고 쓸 준비를 한다. 나의 경우 목차가 정리되지 않으면 원고 작업을 시작조차 못하기 때문에 가안이더라도 최대한 흥미로운 제목으로 뽑아 본다. 일단 목차가 재미있어야 글쓰기에 대한 기대도 생긴다.

그런 다음에는 쓴다. 초고는 최대한 자유롭게 쓴다. '여기서 그 이야기가 왜 나와?' 하는 생각이 들더라도 굴하지 않고 쓴다. 초고는 빈 종이를 채우는 데 의의를 두고 일단 200자 원고지 10매에서 12매(A4 용지로는 한 장 반 정도)를 채운다. 내용을 떠나 그만큼의 분량이 채워지지 않는 원고는 한 편의 글로 발전될 가능성이 없다고 판단한다. 초고를 쓰면서 이 글에 대한 나의 의지, 깜냥은 물론 글의 흥미 유무, 발전 가능성 등을 알아볼 수 있다. 초고는 단지 시작이지만 어떤 때는 모든 것이 되기도 한다.

하고 싶은 말이 뭔지 모를 때도 일단 쓰기 때문에 쓰면서 주제를 발견하기도 한다. 그러다 가끔 소재와 주제가 동떨어진 글이 완성되는 경우가 있는데, 그럴 때는 주제를 선택할지 소재를 선택할지를 고른다. 주제가 더욱 마음에 드는 글이라면 글의 도입을 바꾸거나, 이미 쓴 에피소드를 없애거나 다시 찾는 걸로 소재를 변경한다. 주제는 희미하지만 소재만큼은 꼭 써 보고 싶은 것이었다면 글의 흐름을 수정하거나 주제가 드러나는 마지막 문단을 다시 쓴다. 그렇게 하나의 주제로 수렴되는 글을 40~50편 정도 쓰고 나면 비로소 책 한 권 분량의 초고가 완성된다.

초고를 다 쓰고 나면 논다. 2주 정도 원고는 처다보지도 않고 휴식을 취한다. 친구들과 놀고, 술도 마시고, 여행을 가거나 가족과 시간을 갖는다. 그동안 읽지 못했던 책을 읽거나 영화를 왕창 보기도 한다. 이때 가장 중요한 것은 글쓰기라는 자기만의 세계에 빠져 있던 나를 일에서 분리시키는 것이다. 최대한 글쓰기와 상관없는 일을 하면서 '그 글을 쓴 나'가 아니라 '그 글을 읽을 나'를 만든다.

쉴 만큼 쉬었다 싶으면 조금씩 불안감이 몰려온다. 이는 본격적으로 원고를 고쳐야 할 때가 왔다는 뜻이다. 걱정불안 초조긴장과 함께 책상에 앉아 초고를 연다. 일단 한번 읽어나 보자 싶어 처음부터 천천히 읽어 보면 몇 줄 읽지 않았는데도 뒷목이 뻐근해지기 시작한다.

당시에는 분명 열심히 썼고, 또 말이 되게 썼다고 생각했는데 '대체 뭐라는 거야?' 싶은 원고들이 줄줄이 이어져 있다. 왜 했던 말을 자꾸 하냐. 안 해도 될 말은 뭐 이렇게 길게 했냐. 도대체 이걸 어디서부터 어떻게 고쳐야 할지 노트북 모니터 앞에 머리 박는 시간이 하염없이 이어진다. 이때가 가장 고통스러운 시간이다.

하지만 그 시간이 오로지 괴로움뿐이라면 진작에 이 일을 때려치웠을지도 모르겠다. 내가 쓴 글의 첫 번째 독자가 되어 그 글을 읽고, 무슨 뜻인지 파악하고, 지우고, 고치고, 다시 쓰면서 그 글의 가능성을 발견하는 일은 그저 힘들기만 한 일이 아니다. 막막하고 짜증나고 답답하고 열 받는 일이면서도 신나고 기쁘고 감격스럽고 짜릿한 경험이다.

그저 하얗기만 했던 빈 종이를 이렇게까지 채운 사람이 나라는 것. 어쨌든 무언가에 대해서 이만큼이나 떠들었다는 것. 이 모든 걸 위해 이제껏 시간과 노력을 들여 왔다는 것. 그 생각을 하다 보면 결론이 난다. '내가 싼 똥은 내가 치워야지.' 감상에 빠질 여유는 없다. 어느새 마감이 코앞이기 때문이다.

헝클어진 마음을 부여잡고 문단 정리부터 시작한다. 중복된 내용은 삭제하고, 삭제하고, 삭제한다. 그 과정에서 아예 휴지통으로 들어가는 글도 많다. 내용과 흐름을 살펴 문단을 나누고 문단별로 통일성을 주기 위해 새로운 문장을 첨가하고 불필요한 문장은 없앤다.

부연 설명이 필요할 때는 쉽고 명료한 문장으로 다시 쓴다. 모호한 표현은 지우거나 다른 문장으로 바꾼다. 말로는 간단한 이 작업에 몇 달이 소요된다.

그런 다음에는 단어를 체크한다. 같은 단어가 반복해서 등장하는 경우 비슷한 단어를 여러 개 찾아보고 하나씩 교체한다. 맞춤법과 표준어를 점검하고, 부적절한 단어는 지우거나 다른 단어로 바꾼다. 더 읽을 맛이 나거나 어감이 적절한 단어로 고쳐 쓰기도 한다.

이 작업을 할 때는 모든 원고를 여러 번 입으로 소리 내어 읽어 보며 목소리와 머릿속 정보 입력이 같은 속도로 이루어지는지 검토한다. 긴 문장은 의미가 전달되는 데 그만큼 긴 시간이 걸리고, 짧은 문장이라 해도 어렵거나 모호한 단어를 사용하면 이해하는 데 더 많은 수고가 든다. 입으로 쉽게 읽히는 글은 머리로도 쉽게 받아들여진다고 믿기에 긴 문장은 줄이고, 짧은 문장은 늘리고, 쉼표, 느낌표, 물음표 등의 문장 부호를 재배치하거나 더 적절한 단어는 없는지 살핀다. 이는 방송작가로 일할 때 대본을 쓰면서 몸에 밴 습관이다.

방송 대본을 쓰는 일은 글이 아닌 말을 쓰는 작업이기에 입에 잘 붙는 단어, 보다 쉽게 발음되는 문장, 이해하기 쉬운 표현을 고를 필요가 있다. 그를 위해 필요한 것은 예술적 감수성보다 전달력과 명료함, 그리고 친절함이다. 잘 읽히는 글을 쓰기 위해서는 서비스 정신이 필요하다. 모든 글이 쉬워야 하는 건 아니지만 쉬운 글은 더 많은 독자에게 읽힐 수 있다. 나는 내 글을 더 많은 사람이 읽었으면 좋겠다.

이 모든 작업을 반복했음에도 도무지 정리되지 않는 글들이 있다. 그런 글은 죄다 '잡글' 폴더에 집어넣는다. 미처 마무리되지 않은 글이나 소재가 아쉬운 글, 도입부만 쓰다 만 글이 다 거기 들어간다. 수없이 생각하고 고쳐 보고, 이렇게도 써 보고 저렇게도 바꿔 봤음에도 풀리지 않는 글에 대해서는 미련을 갖지 않는다. 그래도 버리기는 아까워 모아 놓지만 원고가 안 풀릴 때 가끔 열어 보면 그냥 버리지 그랬나 싶게 뭐라 말할 수 없이 잡스러운 글들이 옹기종기 모여 있다.

그렇게 내가 쓴 글의 독자가 되었다가, 다시금 글쓴이가 되었다가, 편집자에게 원고를 보내 피드백을 받고, 그 이후에도 여러 번 독자와 글쓴이의 시간을 번갈아 갖고 나면 어느새 최종 원고가 완성된다. 그리고 몇 달이 지나 그 원고 뭉치는 책 한 권으로 엮여 전국 방방곡곡의 서점에 놓인다.

다시는 거들떠보기도 싫었던 원고지만, 새 책을 받을 때마다 다시 독자가 되어 처음부터 차근차근 읽는다. 교정지를 볼 때는 전혀 눈에 들어오지 않던 오타도 발견되고 어색한 문장도 나타나기에 간담이 서늘해질 때도 있다. 그럼에도 나는 독자로서 내가 쓴 책을 읽는 시간을 제일 좋아한다. 그리고 그한 권을 위해 겪어 온 모든 과정이 단 한 번뿐인 게 아쉬워 계속 쓰고 있다.

첫 문장보다 끝 문장

"시작을 어떻게 해야 할지 모르겠어요."

비공식 모임이지만 아마 동 단위로 하나씩은 있을 '글엄모(글을 쓰고 싶긴 한데 엄두가 안 나는 사람들의 모임)' 멤버들은 이 말을 자주 한다. '시작이 반'이라는 말은 글쓰기를 염두에 두고 나온 말일지도 모른다. 세상만사 시작이 제일 어렵다지만, 글쓰기는 더 그런 것 같다.

그런데 시작이 힘든 사람들을 더욱 맥 빠지게 만드는 조언이 있으니, 바로 '글에서 가장 중요한 것은 첫 문장'이라는 말이다. 그 글이 어떨지는 첫 문장만 봐도 알 수 있다는, 독자를 사로잡기 위해서는 일단 첫 문장을 끝내주게 써야 한다는 조언을 나 또한 여러 번 들었다. 그런 조언을 들을 때마다 글쓰기에 대한 의욕이 사라진다. 죽여주는 첫 문장 같은 거, 쓸 수 있을 리가 없잖아.

그러면서도 책 읽을 때마다 첫 문장의 힘을 실감한다. 특히 소설책 첫 장을 딱 펼쳤을 때, 첫 문장이 매력적이면 아직 읽지도 않은 뒷이야기에 벌써 끌린다. 첫 번째 문장은 두 번째 문장으로 이어지고 그다음 문장으로도 이끌어 주기에 첫 문장이 좋으면 자연스레 이야기 전체에 몰입하게 된다. 하지만 에세이는 조금 다르다.

에세이를 쓸 때 중요한 것은 첫 문장보다 마지막 문장이다. 에세이는 일상의 깨달음에 대해 쓰는 글인 만큼 첫 문장이 떡 벌어질수록 뒷이야기가 초라하게 느껴질 수 있다. 첫 문장에 들인 힘을 끝까지 유지하면 지나치게 비장한 다짐과 교훈으로 점철된 글이 완성되기도 한다. 예를 들면 이런 식이다.

1 오늘의 경험을 통해 일상은 소중하다는 사실을 깨달았다.
   (오늘의 깨달음 밝히기.)

2 이 마음을 잊지 않고 더 나은 내가 되어야겠다.
   (되고 싶은 나에 대해 말하기.)

3 앞으로도 이 같은 열정을 계속 간직하고 싶다.
   (간직하고 싶은 것 굳이 알려 주기.)

4 내가 가진 것에 감사하고 기뻐하는 삶을 살고 싶다.
   (갑자기 분위기 종교 집회.)

5 나는 느꼈다. 우리를 움직이는 것은 인간에 대한 사랑이라
는 것을.

(그만해⋯⋯.)

　나도 여전히 대부분의 글을 저런 식으로 마무리한다. 시
작은 그저 평범한 하루에 대한 이야기였는데 그로 인해 인생
과 인류 전반에 걸쳐 깨달음을 얻었다는 식이다. 실제로 깨달
은 건 아무것도 없는데 쓰다 보면 마치 그래야 할 것 같은 강
박에 사로잡힌다. 소재는 다르지만 결론은 어디서 많이 읽은
것 같은 글 한 편을 완성하고는 '으흠, 나쁘지 않은데?' 한다.

　그런 이유로 글엄모 멤버들 중 특히 에세이를 쓰고 싶어
하는 사람에게는 첫 문장에 집착하지 않을 것을 권한다. 멋진
첫 문장을 쓰는 일보다 중요한 것은 일단 글쓰기를 시작하는
거니까. 첫 문장이 마음에 안 들면 나중에 얼마든지 고칠 수
있지만 멋진 첫 문장을 쓰고 나서 다음 문장을 시작하겠다고
생각하면, 아무것도 못 쓰는 백지 상태가 며칠이고 이어질 수
있다. 첫 문장을 잘 쓰는 법은 일단 글을 쓰는 것이다.

　단, 이렇게 시작한 글일수록 끝 문장에 더 신경 쓰면 좋
다. 나의 경우, 글 한 편을 쓰고 나면 마지막 문단을 여러 번
읽어 본다. 그리고 스스로에게 묻는다. '이게 네 진심이냐?' 그
저 빨리 마무리하고 싶어서 쓴 건지, 왠지 그래야 할 것 같아

서 쓴 문장인지, 아니면 나도 모르게 어떠한 흐름을 타다 보니 여기까지 오고 말았는지 여러 번 눈으로, 입으로 읽어 본다. 그러는 동안 알게 된다. '아, 이건 내가 하려던 말이 아닌데.' 그때부터는 도대체 어디서부터 어떻게 잘못된 건지 다시 처음으로 거슬러 올라간다. 연어처럼.

그럴 때 첫 문장을 읽어 보면 그 문장만으로 글 한 편이 만들어질 거라 호언장담한 내가 있다. '일단 첫 문장이 괜찮으니까 어떻게든 써지겠지.'라고 얼기설기 바느질을 반복한 글이 보인다. 그러다 보면 그 글은 굳이 내가 안 써도 모두가 알고 있는 깨달음, 교훈, 삶의 지혜 같은 것들로 버무려진다. 그동안의 시행착오를 통해 깨달은 끝 문장 쓰는 법은 다음과 같다.

1 뭔가를 느끼지 않아도 된다.
2 교훈이 없어도 된다.
3 이야기의 결론을 꼭 내지 않아도 된다.
4 다짐과 희망 사항에 대해 굳이 밝히지 않아도 된다.
  안 물어 봤다!

글쓰기는 인간관계와 비슷하다. 만날 때마다 교훈적인 이야기만 하고, 이러이러하게 살아야 한다고 가르치고, 삶이란 얼마나 신비롭고 위대한지 찬양하는 사람하고는 1년에 한

번 만나도 충분히 부대낀다. 최근에 있었던 일들, 갑자기 든 생각, 요새 나를 짜증나게 하는 사람이나 열 받게 만든 사건들을 두서없이 털어놓을 수 있는 사람과는 매일 만나도 할 이야기가 생긴다. 인간관계를 굴러가게 만드는 것은 교훈이나 깨달음이 아닌 자질구레한 이야기들이다. 그 쓸모없음이 바로 쓸모인 것이다.

그걸 알면서도 왜 우리는 글쓰기만 시작하면 비장해질까. 왜 번번이 뻔한 끝 문장 쓰기에 중독되고 마는 걸까. 글쓰기는 우리 자신을 드러내는 도구이기에, 더 나은, 더 잘난, 더 있어 보이는 나를 보여 주고 싶기 때문은 아닐까. 나야말로 글을 통해 잘난 사람이 되고 싶다. 더 멋진 이야기를 하고 싶고, 끝내주는 글로 독자들을 현혹하고 싶다. 내 글은 나라는 사람보다 더 훌륭해 보였으면 좋겠다. 왜냐, 나는 내 맘대로 안 되지만 내 글만큼은 마음대로 쓸 수 있으니까. 이런 생각 나만 하나?

이 시점에서 고민이 하나 생겼다. 과연 이 글을 어떻게 마무리할 것인가. 끝 문장의 중요성을 이렇게나 강조했으니 깨달음, 교훈, 결론, 다짐 없는 글로 마무리를 잘 좀 해 봐야 할 텐데 어떡하지. 자꾸 '깨달음체'가 떠오르면서 내가 판 구덩이에 내가 빠진 것 같다. 그런 의미에서,

이 글의 끝 문장을 한번 작성해 보세요.

글쓰기를 일상으로 만드는 방법

　　꾸준히 글을 쓰고 싶지만 자꾸 미루게 되고, 글쓰기에 도무지 진도가 안 나간다는 사람들이 있다. 글쓰기 수업에 와서도 비슷한 고민을 털어놓는다. 글에 대한 대부분의 고민은 '자꾸 안 쓰게 돼요.'와 '뭘 써야 할지 모르겠어요.' 사이에 있다.

　　그런 사람들을 대할 때마다 "안 쓰고 싶을 땐 쓰지 마세요."라고 말한다. 하지만 그 말을 들은 사람들은 거의 다 고개를 갸웃거리는데, 그 이유를 잘 안다. 안 쓰고 싶은 게 아니기 때문이라는 것. 쓰고 싶은데 쓰지 못하겠고, 뭘 써야 할지 몰라서 그러는 것일 뿐 쓰고 싶지 않아서가 아니기 때문이라는 것.

　　지금부터 내가 글쓰기 수업을 할 때마다 하는 첫 번째 강의를 글로 바꿔 보려 한다. 글쓰기를 일상으로 만드는 사소한 실천들이다.

1 나에 대한 리스트 만들기

글의 소재를 찾기 위해 맨 처음 해야 할 일은, 자신이 쓰고 싶은 게 무엇인지 아는 일이다. 어떤 사안에 대해 써 보고 싶다 생각하고 글쓰기를 시작했지만 도무지 진도가 안 나갔던 경험, 있지 않은가. 나도 그런 적 많다. 그럴 때면 스스로에게 물어본다. '이거 진짜 쓰고 싶었던 거 맞아?'

쓰고 싶다는 생각과 쓰고 싶은 마음은 다르다. 글의 소재야말로 생각이 아닌 감정으로 골라야 한다고 생각하는데, 그를 알아보기 위해 스스로에게 질문해 볼 것을 권한다. 자신과 관련된 리스트를 작성해 보는 것이다.

내가 좋아하는 것, 싫어하는 것, 나를 기분 좋게 만드는 장소, 사람, 물건, 음식도 좋다. 요즘 자주 하는 생각, 관심 있는 주제, 어떤 고민을 하는지에 대해서 써도 좋다. 수첩에 큰 제목을 하나씩 단 다음 그에 관련된 항목을 무작위로 적어 내려가는 것이다. 그러다 보면 이제껏 생각지도 못했던 소재를 발견하기도 하고, 그동안 신경 쓰는지도 몰랐던 것들에 줄곧 관심을 놓치지 않고 있었다는 사실도 알게 된다.

우리는 스스로 잘 안다고 믿을 뿐, 생각보다 자신에 대해 잘 알지 못한다. 그럴 때, 눈에 보이는 리스트를 작성하며 자신에게 질문하고, 그를 통해 진짜 쓰고 싶은 이야기를 찾을 수 있다. 컴퓨터 창을 열어 무언가를 쓰기 전에 나에 대해 알아보는 시간을 갖는 것이다.

2 지금 마음 쓰기

"지금 기분이 어떤가요?" 심리 상담을 받기 시작했을 때, 가장 자주 들었던 질문이다. 하지만 이 질문에 나는 늘 "…… 라고 생각해요." 혹은 "……인 것 같아요." 그도 아니면 "모르겠어요."라고 대답했다. 감정을 물어보는 질문에 생각이나 의견을 먼저 말했다. 마음속에서 요동치는 어떤 느낌을 캐치하지도, 말로 제대로 표현하지도 못했다. 내 마음을 느끼는 일보다 생각과 의견을 말하는 일에 더 익숙했기 때문이다.

이제는 내가 글쓰기 수업을 할 때, 학생들에게 묻는다. "지금 어떤 마음이 드나요?" 그 질문에 학생들 역시 자신의 생각을 먼저 이야기한다. 지금 느끼는 두근거림, 긴장감, 행복감, 기쁨…… 이런 것보다 수업에 참여하게 된 목적과 수업에 대한 의견 또는 생각을 밝힌다. 그럼 나는 내 상담 선생님이 그랬던 것처럼 다시 묻는다. "여러분의 생각 말고 감정을 알고 싶어요. 바로 지금, 어떤 기분을 느끼시는지 궁금해요."

떨리면 "떨려요."라고 말하면 된다. 두려우면 "두렵습니다."라고 단순하게 이야기하면 된다. 입으로 소리 내어 말하고 나서는 글로도 써 본다. 그렇게 내가 지금 여기서 느끼는 감정을 글로 표현하는 연습을 한다. 논리적이지 않아도, 잘 전달될 것 같지 않아도, 때로는 유치하고 적나라해도 괜찮다. 내 마음 속에서 일어나는 감정을 그대로 써 보는 것이다.

　직접적으로 표현하기가 부담스럽다면 신체 변화에 대해서 써도 좋다. 마음이 간질간질하다, 손이 축축해졌다, 심장이 튀어나올 것 같다……도 괜찮다. 그렇게 생각이나 의견이 아니라 마음의 상태를 표현하는 연습을 한다. 그걸 계속하다 보면 말할 때도 감정을 먼저 표현하게 된다. 또한 더욱 감정이 살아 있는 글을 쓰게 된다. 그렇게 먼저 내 마음을 관찰하고, 그것을 표현하는 연습을 한다.

3　10분 글쓰기

　그렇게 하고도 어떤 것을 써야 할지 모르겠을 때는 종이와 펜을 준비해 10분 동안 아무 말이나 쓴다. 나는 지금부터 10분 동안 글을 쓸 거야, 뭘 써야 할지 모르겠는데 한번 써 볼게, 이렇게 쓰면서도 내가 뭔 말을 하고 있는지 모르겠다…… 로 이어지는 그야말로 아무 말을 써 본다.

10분이라는 시간은 결코 짧지 않다. 처음 10분 동안에는 '대체 언제 끝나는 거야?'라는 생각이 먼저 들 거다. 그렇지만 이 작업을 몇 번 반복하다 보면 자신이 아무런 준비 없이도 적어도 10분은 써 내려갈 수 있는 사람이라는 걸 알게 된다. 그러는 동안 오늘 있었던 일 중 여전히 신경을 거스르는 일은 무엇인지, 평소 어떤 말버릇을 갖고 있고 무의식중에 어떤 단어와 문장을 자주 쓰는지도 발견할 수 있다.

10분 동안 글쓰기에 적응이 되었다면 15분으로 늘려 본다. 그러다 30분을 쓸 수도 있다. 이렇게 시간을 정해 아무 말이나 쓰다 보면 언젠가는 쓰고 싶은 주제가 떠오를 수도 있다. 그럴 때는 그 주제에 대해 10분 동안 써 보는 것이다. 그렇게 15분, 30분…… 시간을 늘려 가는 사이에 또 다른 소재나 주제를 발견해 글쓰기에 물꼬가 트이는 경우도 있다.

10분 글쓰기를 통해 얻을 수 있는 것은 나는 뭐든 쓸 수 있는 사람이라는 사실, 글쓰기를 두려워하지 않는 마음이다. 그런 다음 천천히 쓰고 싶은 이야기를 발견해 나가도 늦지 않다.

4   마감일 정하기

가끔 그런 생각을 한다. 만약 마감이 없었다면 내가 글을 썼을까? 이렇게 꾸준히는 쓰지 못했을 것 같다. 언제든 쓸 수 있다는 말은 평생 안 써도 된다는 말이기도 하니까. 억지로라도 마감날을 정하는 일은 긍정적인 족쇄가 된다. 마감이 정해지면, 뭐라도 쓰게 된다.

단 마감은 다음과 같이 구체적으로 정한다. '매주 금요일까지 에세이 한 편 쓰기', '한 달에 편지 한 통 쓰기', '하루에 세 줄 일기 쓰기'. A4 반 장, 수첩 한 장 등 글의 분량을 정하는 것도 도움이 된다. 이 모든 걸 혼자 해 나가기 어려울 것 같다면 글쓰기 메이트를 만들어도 좋다. 서로의 글에 대해 피드백을 해 줄 수 있고, 마감일을 체크하며 잔소리를 주고받을 수도 있다.

마감을 지켰을 경우에는 스스로에게 선물을 주자. 스타벅스에서 가장 좋아하는 케이크와 커피를 마셔도 좋고, 퇴근길에 하겐다즈 아이스크림 한 통을 사 와서 먹어도 좋다. 인터넷 쇼핑몰 장바구니에 담아 둔 에코백 하나를 자신에게 선물하는 것도 괜찮겠다. 그러다 보면 마감 즈음에 이번엔 뭘 사야 할지 고민하는 나를 발견하게 될지도 모르지만, 그럼 또 어떤가. 보상은 글쓰기에 좋은 동기 부여가 된다.

단, 벌칙은 생각보다 효과가 없다. 무언가를 안 했을 때 벌을 받는다고 생각하면, 그 행위 자체가 부담스러워진다. 그러니 마감일을 정해 지키고, 이를 달성하기 위해 애쓴 자신에게 보상할 것. 혼자 하기 어렵다면 글쓰기 동지를 만들 것. 그렇게 하다 보면 규칙적으로 글 쓰는 일이 즐거워질지도 모른다. 꾸준히 목표를 달성하는 일은 자신감도 심어 준다.

5 독자 만들기

자신의 내면을 거울처럼 비춰 주는 글을 누군가에게 보여 준다는 생각만 해도 얼굴이 빨개진 경험, 나 역시 수없이 했다. 모르는 사람들이 내 비밀 일기장을 돌려 보는 것 같고, 이 문장은 대체 뭐고, 이 이야기는 도대체 뭘 말하려는 거냐며 비웃을 것 같았다. 하지만 글을 써 온 시간이 길어질수록 독자의 필요성을 더욱 깨닫게 된다. 혼자 보고 말 글을 쓰는 일은 재미가 없다. 독자가 있으면, 글쓰기는 더욱 신이 난다.

그런 이유로 글쓰기 수업 학생들에게 SNS를 하라고 권한다. 사진 하나 올리고, 글 한 줄 쓰는 것만으로도 독자를 의식하는 글쓰기를 연습할 수 있다. 우리가 SNS를 하는 이유가 무엇인가. 혼자 보고 만족하려고? 아니다. 대부분의 사람은 '관종'이다. '좋아요'나 하트 버튼, 댓글창이 없다면 사람들이 지금처럼 SNS를 열심히 하지는 않을 거라고 자신한다.

SNS에 영화 리뷰나 독후감을 써서 올려 보면 어떨까. 무심코 끄적인 메모를 올려도 좋다. 내가 느낀 것에 누군가가 반응한다는 것, 나의 글을 통해 모르는 사람과 공감하는 일은 즐겁고 보람 있다. 방구석에서 혼자 글을 끄적일 때와는 전혀 다른 만족감을 전해 준다.

SNS가 내키지 않는다면 지인 중 독자를 한 명쯤 만들어 볼 것을 권한다. 단, 칭찬에 인색하지 않은 사람이어야 한다. 내가 뭘 해도 예뻐해 주고, 응원해 주는 사람이어야 한다. 원하는 바를 확실히 하고 싶다면 글을 보여 주면서 이렇게 이야기해 보자. "칭찬만 해 줘. 비판은 거절한다." 그 다음부터는 비판을 들어도 당신 잘못이 아니다. 당신은 분명 미리 말했다.

6   책은 재미로 읽기

몇 년 전, 북토크에서 한 독자가 이런 질문을 했다. "제 아들이 초등학교 고학년인데요, 맨날 탐정 소설만 읽어요. 고전도 읽고, 문학 작품도 많이 읽었으면 좋겠는데, 무슨 무슨 습격 사건, 범인을 찾아라 같은 만화만 잔뜩 있는 책만 봐서 속이 터져요. 어떻게 하면 좋을까요?"

그 질문에 대답했다. "내버려 두세요. 그거 말리시면 나중엔 그 책마저 안 읽을 수 있어요. 아드님은 지금 너무나 즐거운 독서를 하고 있어요."

좋은 글을 쓰기 위해서 좋은 책을 많이 읽으면 좋겠지만, 좋은 책이라고 알려진 대부분의 책은 별로 재미가 없다. 나 역시 고전을 많이 읽어야겠다고 늘 다짐하지만 번번이 실패한다. 마크 트웨인도 이런 말을 하지 않았나. "고전은 누구나 읽었으면 하지만 아무도 읽고 싶어 하지 않는 책이다."

그냥 자기가 좋아하는 책을 읽으면 된다. 전적으로 즐거움을 주는 책, 시간이 가는 줄 모르고 빠져들 수 있는 책. 패션지면 어떻고 블로그 글이면 어떤가. 웹소설도 좋고, 웹툰도 좋다. 일단 무언가를 읽는 행위 자체가 즐거워야 독서를 계속할 수 있다. 그래서 나는 특정 책을 편식한다는 사람들을 봐도 걱정하지 않는다. 편식조차 안 하는 사람이 많은걸. 1년에 책 한 글자 안 읽고도 잘만 산다.

독서는 즐거움이어야 한다. 나를 기쁘게 하는 책을 많이 만나면 만날수록 '나도 이런 책 한번 써 보고 싶은데?'라는 생각도 하게 된다. 책과 친하지 않은 사람들일수록 일단 책과 친해져야 한다.

누군가가 권해 준 책 말고 자신이 끌려서 고른 책을 읽어 보자. 읽다가 재미없으면 때려치우면 된다. 끝까지 안 읽어도 되고 중간부터 펼쳐서 읽어도 된다. 다 내키지 않는다면 결말만 읽어도 된다. 그러다 보면 스스로의 독서 취향을 알게 되고, 다른 책을 읽어 볼 마음도 생긴다. 그래도 안 생긴다면? 안 읽어도 된다.

글쓰기로 먹고사는 사람이 아닌 다음에야 글쓰기는 즐거워야 한다. 아니, 글쓰기로 먹고사는 나 같은 사람에게도 글쓰기는 재미있어야 한다. 그래야 계속 쓸 수 있다. 안 그래도 세상에는 괴로운 일이 차고 넘친다. 그러니 적어도 글쓰기는 고통이거나 숙제가 아니어야 한다. 부담감이 들더라도 견딜 수 있을 만큼의 부담감이어야 한다.

그렇게 글쓰기가 일상 속의 작은 즐거움이 된다면, 우리에게는 언제 어디서든 함께할 수 있는 소울메이트가 하나 생기는 것이다. 결코 내 곁을 떠나지 않고, 언제든 내 말에 귀 기울여 주며, 가끔 나도 모르는 내 마음을 들여다볼 수 있게 해주는 든든한 지원군을 얻게 된다. 그런 존재와 함께하는 일상은 꽤 괜찮다. 그래서 나도 글쓰기를 포기 못 하고 있다.

일기는 초고가 된다

한동안 매일 일기를 썼는데 요즘에는 가끔 쓴다. 일기라고 해서 딱히 형식이 있는 건 아니고 갑자기 든 생각, 지난밤에 꾼 꿈, 문득 떠오른 글감 같은 걸 적어 놓은 것이다. 날짜를 빼먹고 쓸 때도 있어서 나중에 들춰 보면 언제 썼는지 갸우뚱할 때도 있고, 엉망인 글씨체 때문에 무슨 말인지 헷갈릴 때도 있다.

순전히 나를 위해 쓰기 시작한 일기지만 그 일기가 책으로 만들어진 적이 있다. 사사로운 100일 동안의 일들과 그날그날 읽은 책 100권을 함께 소개하는 책이다. 드라마틱한 일상과는 거리가 먼 사람이라 이렇게 별것 없는 이야기를 책으로 내도 되는 건지 쓰면서도 의심스러웠는데 출간일이 다가오자 의심은 걱정으로 바뀌었다. 사람들이 내 일기장을 본다는 거 아냐. 나 옷 갈아입는 걸 모르는 누군가가 쳐다보고 있는 기분이네. 자꾸 신경이 쓰여 잠도 안 왔다.

그 염려가 무색하게도 현재 그 책은 1쇄를 소진하지 못한 채 창고에 쌓여 있다. 이것은 다행인가 불행인가. 당연히 불행이겠지. 처음에 책을 준비할 때는 사람들이 내 이야기를 속속들이 알게 될까 봐 걱정했는데 이제는 사람들이 내 이야기를 전혀 모르고 있어서 걱정이다.

지극히 사적인 이야기를 쓴 책에 대한 반응이 미적지근하다는 사실에 마음이 복잡했다. 에세이는 내 이야기를 쓰는 장르라고 굳게 믿어 왔기에, 그동안 개인적인 이야기도 가감 없이 써 왔는데, 사적인 이야기의 정수라고 할 수 있는 일기가 이렇게 외면받다니. 이제 내 이야길 하면 안 되는 건가? 내 이야기가 더는 매력이 없는 건가? 별 생각이 다 들었다.

새 책이 나오면 각종 강연이나 북토크, 인터뷰나 외고 작업 등으로 바빠지기 때문에 출간일 이후 두어 달은 일정을 비워 놓는다. 무엇보다 휴식이 간절해지는 시간이지만 불러 주는 데가 있다는 사실에 감사하며 여기저기 내 이야기를 하며 돌아다닌다. 원고 작업은 대부분의 시간을 혼자서 하는 일이기에 출간 후 다양한 사람들을 만나는 일은 새로운 자극이 된다. 몸은 피곤하지만 신선한 경험이다.

그러나 그 책은 출간 후 스케줄이 거의 없어서 석 달 정도 비워 둔 일정이 민망해질 지경이었다. 나는 뛰어들 준비가 돼 있는데 독자들은 그렇지 않은 듯한 느낌? "야, 우리 만나자! 언제가 좋은지 연락 줘!" 하고 친구들에게 연락을 돌렸는데 아무도 답장을 안 보내 줄 때 느껴지는 어떤 그런 느낌. 그 덕에 기나긴 시간 방구석에 앉아서 곱씹었다. 일기가 아니었던 건가? 일기가 문제가 아니었나? 혹시 내가 문제였던 건가?

책이 잘되면 생각보다 많은 일이 해결된다. 일단 생계 걱정이 줄고, 출판사에 얼굴을 들 수 있으며, 편집자와 함께 작업하는 동안 쌓였던 오해나 서운함도 스르르 풀린다. 사람들에게 "너 요즘 무슨 일 하니?"라는 말을 안 들어도 되고, 부모님의 한숨도 덜 듣게 된다. 무엇보다 다음 책을 조금 편안한 마음으로 기획할 수 있다. 모르는 편집자에게서 같이 작업하자는 메일도 받고, 만나자는 연락이 늘고, 이다음에는 어떤 이야기를 쓸지 적극적으로 고민할 수도 있다.

하지만 그때는 요동치는 나의 마음을 제외한 모든 것이 지나치게 조용해서 가만히 집구석에 앉아 일기를 썼다. 일기의 내용 역시 계속 구질구질했다. 나는 누구고 여긴 어딘가. 앞으로 어떻게 살아야 하는가. 삶이 재미가 없다. 일상도 일도 관계도 나를 구원해 주지 않는다……. 세기말적 감성을 가득 담은 일기만 한 편 한 편 쌓여 갔다.

그러던 중에 원고 청탁을 받았다. 2년마다 한 번씩 기고 해 달라며 잊지 않고 연락을 해 오는 고마운 매체로부터였다. 오랜만에 찾아온 일거리가 반가웠음에도 무슨 글을 써야 할지 감이 안 잡혔다. 요즘 내내 별로인 기분에 대해 써야 하나? 글 쓰며 사는 삶에 깃드는 자괴감에 대해 써야 하나? 요즘 매일 집에만 처박혀 있는데 무슨 이야기를 쓰지?

답답한 마음에 일기장을 펼쳤다. 삐져나오는 한숨을 눌러 가며 한 장 한 장 넘기다 보니, 그 안에는 내가 보내 온 하루하루가 들어 있었다. 부모님과 나눈 이야기, 친구와 만나서 한 일, 소파에 드러누워 본 영화 속 대사, 도서관에서 갑자기 떠오른 생각…….

그래, 이런 게 에세이지. 사소해서 괜찮은 이야기. 사는 거 별거 없으니 오늘도 어떻게든 버텨 보자, 하는 이야기들. 나는 이렇게 살고 있는데요, 딱히 맘에 들어서 이러고 사는 건 아니고요, 어쩌다 보니 이렇게 됐어요, 하고 중얼거리는 목소리들. 내 일기장엔 에세이의 초고가 잔뜩 들어 있었다.

그중 하나를 골라 한글창에 옮겼다. 그걸 조금 긴 글로 바꾸기 시작했다. 모호한 이야기는 조금 더 설명을 붙여서, 감정 과잉인 문장은 간결하게 바꿔서. 그렇게 일주일을 붙들고 있던 일기는 에세이의 꼴을 갖춘 후 마감날에 맞춰 담당자에게 전송되었다.

글쓰기를 두려워하는 사람에게는 일기 쓰기를 추천한다.

일단 일기부터 써 보세요. 형식도 도구도 상관없어요. 매일 쓰지 않아도 되고, 꾸준히 쓰지 않아도 됩니다. 그냥 머리에 떠오르는 생각을 적어 보세요. 생각나는 게 없다면, 생각나는 게 없다고 쓰세요. 그러다 보면 이런 질문을 받는다. 일기를 쓰면 뭐가 좋은가요? 대답한다. 좋은 건 없죠. 그냥 쓰는 거예요.

종일 일이 안 풀리는 날에는 눈에 안 들어오는 책을 읽는 대신 예전 일기장을 펼쳐 본다. 그러다 보면 알게 된다. 3년 전에도 나는 이 모양 이 꼴로 살고 있었구나. 5년 전에는 더 심했네. 그 발견이 이상하게 위안을 준다. 나라는 사람은 변하지 않았다는 것. 그래, 나는 이런 사람이지. 앞으로도 이렇게 살겠지. 그러니 뭐 어때? 갑자기 태평한 생각이 들면서 쓰윽 풀어진 얼굴로 방바닥에 드러눕게 된다.

그렇게 일기는 가끔 우리의 일상을 구원한다. 언제 모아뒀는지도 몰랐던 마음속 이야기는 에세이의 글감이 되기도 한다. 모든 일기는 에세이의 초고다. 초고는 총알이다. 쌓여 가는 일기장을 볼 때마다 이렇게 생각하면 된다. 나한테는 총알이 이만큼 있어.

그 총알 중 하나로 이 글을 썼다.

많이 쓰면 많이 건진다

2008년에 첫 책을 내고 지금까지 이 책을 포함해 열세 권의 책을 썼다. 매년 한 권씩 쓴 셈이지만 매일같이 글쓰기에만 몰두했냐 하면 그렇지는 않다. 주 5일을 일하는 회사원들의 업무량과 비교한다면 주 3일 정도 일했으려나. 고백하건대 일한 시간보다 논 시간이 더 많다.

그런데도 주변 사람들로부터 이제 좀 쉬라는 말을 자주 듣는다. 1년에 한 권씩 책을 낸다는 이유에서다. 이미 충분히 쉬면서 일하고 있는데 그렇게 보이지 않는지 내 작업 패턴을 아는 가까운 사람들도 그런 말을 한다. 급하게 굴지 마. 쉬엄쉬엄해. 이야기가 차오를 때까지 기다려. 그 말을 들을 때마다 나의 심신 건강을 걱정해 주는 마음이 고마우면서도 심경이 복잡해진다.

왜냐하면 이야기는 차오르는 법이 없기 때문이다. 차오르를 때까지 기다리면 평생 한 글자도 쓰지 못할 수 있기 때문이다. 대부분의 작가는 밑 빠진 독이다. 끊임없이 물을 부어야 조금이라도 항아리를 채울 수 있다. 영감이라는 것은 노인처럼 천천히 오는 것. 아니, 아예 안 올 때가 더 많다.

요즘 들어 '원고 노동자'라는 말을 자주 접한다. 글 쓰는 일로 먹고사는 사람들이 본인의 직업을 그렇게 부르기도 한다. 그 말을 들을 때마다 '그렇지. 내 직업이 그거지.'라고 생각한다. 작가라는 직업을 구성하는 것은 노동하듯 글 쓰는 시간이다. 작가에게 글쓰기란 하루라도 더 쉬어야 지속할 수 있는 일이 아니라 어떻게든 붙잡고 계속 해 나가야 하는 일인 것이다. 그런데도 사람들은 내게 자주, 쉬라고 말한다.

매일 회사 다니는 사람에게 회사 그만두고 쉬라고 말하지는 않을 텐데, 글 쓰는 게 직업인 사람에게는 왜 그렇게 말하는 걸까. 글 쓰는 사람은 돈을 벌지 않아도 된다고 생각하기 때문일까. 배고플수록 더 좋은 예술이 창조된다고 믿기 때문일까.

게다가 나는 오로지 글 쓰는 일이 주 수입원인 전업 작가다. 외부에서 원고 청탁이 자주 들어오는 편도 아니고, 강연이나 글쓰기 수업이 매일 있는 것도 아니어서 대부분의 시간을 쓴 글을 모아 책 만드는 데 쓴다. 그런 사람이 1년에 책 한 권을 낸다는 건 무슨 뜻일까. 일만 하지 않았다는 뜻이다. 여행도 가고, 친구도 만나고, 빨빨거리며 다니기도 했다는 뜻이다.

특히 책이 안 팔리는 기간이 길어지면 주변 사람들의 조언은 더 거세어진다. 결론은 또 좀 쉬라는 것으로 난다. 게을러질수록, 많이 놀수록 새로운 게 쌓인다고. 맞는 말이다. 하지만 어디 사람이 맞는 말대로만 사는가. 쉬라고 이야기하고 싶을 때마다 그 말을 하는 대신 쉴 수 있게 입금을 해 주었으면 좋겠다. 그럼 나도 편하게 쉴 수 있을 것 같다.

그래서 언젠가부터 쉬라는 말을 들으면 "알았어."라고 대답만 하고 계속 일한다. 일하면서도 일하는 티를 내지 않는 것이다. 일명 '몰래 일하기'랄까. SNS에는 노는 사진만 올린다. 그러면 사람들은 이렇게 이야기한다. "네 팔자가 제일 부럽다." 아이고, 고무줄 같은 내 팔자여. 어떤 때는 꼭 좀 쉬어야 하는 사람이지만, 어떤 때는 일도 안 하고 팽팽 놀기만 하는 나란 사람이여.

모든 작가에게는 좋은 글을 쓰고 싶다는 소망이 있다. 어떻게 하면 좋은 글을 쓸 수 있을까? 타고난 재능, 영감 같은 것도 필요하겠지만 일단은 많이 써야 한다. 많이 쓰면 그만큼 건진다. 물론 이상한 글도 많이 나오지만 좋은 글이 나올 가능성도 커진다. 열 편을 쓴 사람과 백 편을 쓴 사람 중 누가 더 좋은 글을 많이 완성할까. 당연히 후자다.

한 티브이 프로그램에서 코미디언 박나래가 이런 고백을 했다. "전 남자를 환장하게 좋아해요." 그러면서 자신이 그를 위해 얼마나 노력했는지 밝혔다. "장도연 씨가 열 번 들이대서 일곱 번 만난다면 저는요, 천 번 들이대서 서른 번 만나요. 누가 더 많이 만나요?" 이런 자세, 사랑한다. 그리고 온 맘 다해 동의한다. 만족할 만한 결과를 내기 위해서는 많이 해 봐야 한다. 일단은 질보다 양이다. 양이 채워져야 그중에서 질 좋은 것을 가려낼 수 있다.

이제는 쉬라는 말을 들을 때마다 겉으로는 애매하게 웃고 속으로는 '싫어! 아직 아니야!'를 외친다. 그리고 집에 돌아와서 일한다. 이다음에 퇴고라는 지난한 과정이 기다리고 있더라도 일단은 쓴다. 그 과정을 거친 후 휴지통에 들어가야 할 원고와 어떻게든 회생 가능한 원고를 가려낸다. 생각보다 회생 가능한 원고가 적어서 당황스러울 때가 더 많지만 우선은 막 쓴다.

그리고 쉴 때가 되면 알아서 잘 쉰다. 그러니까 자꾸 저보고 쉬라고 하지 마세요. 이미 쉬면서 틈틈이 일하는 거니까요. 그래서 쩔리니까요.

퇴고할 때의 감정 5단계

편집자에게 최종 원고를 넘기기에 앞서 글을 고치고 또 고치는 단계에 돌입할 때마다 엄습하는 감정이 있다. 그건 바로 '내 글은 쓰레기구나.'라는 자각이다. 이번에도 왜 이렇게 말도 안 되는 글만 잔뜩 써 놓은 거지? 하며 한없이 기가 죽는다. 퇴고할 때마다 조만간 이 일을 관두든지 해야겠다고 마음먹는다.

매번 겪는 일임에도 좀처럼 적응되지 않는 이 감정은 상실을 겪은, 또는 겪을 사람들이 경험하는 다섯 단계의 심리 상태와도 닮았다. 이혼, 이별, 사랑하는 사람의 죽음을 겪거나 자신이 불치병에 걸렸을 때, 사람은 흔히 다섯 단계의 감정을 경험한다고 한다.

1단계   부인

그동안 이래저래 써 둔 글을 들여다볼 용기조차 없는 단계. 그래서 '아직 마감이 코앞인 건 아니야. 아직 여유가 좀 있어.'라고 우기면서도 자꾸 일정을 확인하고 달력을 들여다본다. 그러면서도 '나는 지금 노는 게 아니고 더 나은 글감을 찾는 중이야. 새로운 구상을 하기 위해 시간을 쓰는 것이지.'라며 딴짓하거나 일과 관련 없는 것들만 하러 다닌다. 그러면서도 마음 한구석이 늘 무겁다. 활짝 웃는 얼굴에도 그늘이 있다. 위가 조금씩 쓰리기 시작한다.

2단계   슬픔

더는 미룰 시간이 없다는 것을 깨닫고 컴퓨터를 켜 원고를 열어 보지만, 곧바로 암울하고 부정적인 기운에 습격당한다. 몇 줄 읽지도 않았는데 한숨이 절로 난다. '어디부터 손대야 하지? 아예 처음부터 다시 쓰는 게 빠를 것 같은데?'라는 의문에 이어 '나라는 인간은 왜 이 모양이지? 이런 글을 책으로 낸다면 분명 인생 조질 것이다!'라며 존재론적 우울과 절망을 경험하는 단계. 작업은 진도가 나가지 않는데도 몸은 극

세 피곤해져 자꾸 침대 속으로 기어들어 가게 된다.

3단계   분노 및 좌절

글의 방향성 자체를 잃어버린 것 같아 주변 사람들을 만나 조언을 구해 보지만 그런 때일수록 모든 말들이 다 송곳처럼 뾰족하게 나를 찌른다. "그런 말 말고 칭찬할 건 없어?"라고 애처럼 굴거나 "그렇게 잘났으면 너네가 쓰덩가!"라며 애써 도와주려는 사람들에게 화풀이하고 돌아와, 넘실대는 자기혐오에 입안 가득 주먹을 집어넣는 단계.

혹은, '아니 그러니까, 이런 건 애초부터 자신 없다고 그랬잖아!' 하고 편집자나 출판사를 탓하거나 '그러게 왜 한다고 했어! 왜!'라며 스스로에게 분노가 치민다. 혹은, '나는 글에 소질이 없는 것 같아, 세상에 내가 설 자리는 없는 것 같아.' 하며 나조차도 질리는 좌절을 반복한다.

4단계   자책 및 후회

아무리 생각해도 모든 잘못은 나에게 있다는 사실을 깨

닫는 단계. '그러게, 시간 있을 때 열심히 쓰지 그랬어! 놀러 다닐 생각만 하지 말고 책도 더 읽고 원고도 더 쓰지 그랬어!'라며 지난날의 근무 태만을 되돌아보고 자책한다.

이럴 때일수록 정신 차리고 작업에 집중하면 될 텐데, 이럴 때일수록 예상보다 많은 양의 술을 마시고, 숙취에 시달리느라 기나긴 시간을 허비한다. 한 것도 없는데 하루가 훌쩍 지나가 있고, 그렇게 시간을 낭비한 스스로에 대해 다시 길고 긴 후회를 하느라 24시간이 모자라다.

5단계   수용

더는 물러설 데가 없다는 자각에 체념하듯 컴퓨터 앞에 앉는다. '그래도 끝은 내야지, 여기서 포기할 수는 없지.' 슬픔과 자괴감을 다스리며 작업을 시작하는 단계. 애초부터 이렇게 했더라면 좋았겠지만, 이 단계는 앞의 네 단계를 거친 다음에야 다다를 수 있다.

도무지 안 풀리다가도 어떤 날은 확 써지고, 그러다 보면 "가능성이 있다!"라고 외치게 되지만 다음 날 다시 미궁에 빠지고, 좌절한 스스로를 다독여 몇 줄 써 보지만 결국 다 지우고, 밤에 자려고 누웠는데 갑자기 생각나는 문장이 있어 서둘러 작업방에 들어가 컴퓨터를 켜지만, 아침에 일어나 전날 쓴 글을 보면 왜 이런 글을 안 자면서까지 길게 써 놓았나 싶다.

그러나 진짜 시간이 없는 관계로 각오를 다져 처음부터 다시 쓴다. 쓴 글을 읽고 지우고 수정하고 다시 읽고 지우고 수정하는 행위를 무한 반복하다 보면 어느새 마감날.

매번 이런 식의 감정 변화를 경험하면서 편집자에게 원고를 보내고 교정지를 받아 최종 교정을 하고, 이삼 주 뒤 완성된 책을 받아볼 때마다 '더 열심히 할걸…….' 하고 후회한다. 다음부터는 그러지 말자고 결심해도 결심을 늘 잊는다.

아무리 써도 내 글에 만족한 적이 없다. 늘 그만둬야 하나 싶지만 그만둔 적도 없다. 그야말로 꾸역꾸역, 가끔은 억지로, 가끔은 힘들게, 가끔은 신이 나 글을 쓴다. 그 어떤 감정이 몰려오더라도 결국 이런 생각을 하면서. '다 내가 좋아서 하는 일이잖아.'

그렇다. 모든 건 다 나 좋아서 하는 일이다. 아무도 이 일을 하라고 시킨 사람이 없다. '글 안 쓰면 가만 안 둘 줄 알아!' 라고 협박한 사람도 없다. 스스로 이 일로 먹고살기로 결심했고, 운 좋게 그러고 있는 중이다. 그 무시무시한 진실을 대면하는 순간 부정하고 슬퍼하고 분노 혹은 좌절하고 자책하고 후회하면서도 결국은 수용하게 된다.

그리고 몇 달이 지나면 이 모든 드라마의 시작, '새 책 계약서에 도장 찍기'를 한다. 마치 아무 일도 없었다는 듯 평화로운 얼굴을 한 채.

첫 소설은 표절이었다

"소설은 안 쓰세요?"

내가 이제껏 에세이만 써 왔다는 걸 아는 사람들에게 자주 받는 질문이다. 소설을 써 보는 건 어떠냐는 제안도 그만큼 자주 받았다. 가끔 마음이 꽈배기가 되었을 때 그 말을 들으면, 이런 심정이 들었다. '내 에세이가 더는 재미없나요? 그만 읽고 싶나요?'

소설은 안 쓰냐는 질문을 받을 때마다 마음속으로는 '왜요?'라고 묻고 싶지만 그냥 "네, 안 써요."라고 대답하는데 그러면 질문이 되돌아온다. "왜요?" 그러면 대답한다. "소설은 그냥 읽고만 싶어요." 하지만 미처 하지 못한 말이 있다. '나도 소설을 써 본 적이 있거든요.'

친구들이 입시 공부에 열 올리던 고등학교 3학년 때, 나는 소설을 썼다. 문학을 전공할 계획이 있었던 것도 아니고, 대학 진학을 안 할 생각도 아니었는데, 공부는 별로 안 하고 소설을 열심히 썼다.

당시에는 무라카미 하루키에 빠져 있었다. 그의 소설과 수필집을 닥치는 대로 읽으면서 막연하게 소설을 써야 한다고 생각했다. 더 솔직히는 이 사람도 쓰는데 나라고 못 쓸까 싶었다. 그래서 소설의 소 자도 모르면서 쓰기 시작했다. 그때도 지금처럼 일단 쓰기만 하면 어떻게든 될 거라고 생각했던 것 같다. 가면을 쓴 여자가 나오는 일종의 판타지 소설이었다.

어찌어찌해서 대학에 입학하고 나서도 소설을 썼다. 대학교 1학년은 고등학생 시절의 자신을 떨쳐 버리기엔 버거운 시기여서, 얄궂은 '고딩 감성'을 끌어안은 채 여전히 하루키에 빠져 있었다. 그러는 동안 가면을 쓴 여자는 어느 밤, 바에 갔다. 거기서 혼자 술을 마시는데(큰 얼음을 넣은 무슨무슨 온더록스 같은 거. 하루키 소설에 자주 나온다.) 어떤 남자가 옆에 앉아 말을 걸었다. 차갑고 도회적인 주인공 '그녀'는 남자와 가벼운 대화를 시작하다가 점점 마음이 이끌려서 자신의 얼굴에 대해 고백하게 된다. '그녀'는 자기 얼굴을 어루만지며 이렇게 말한다. "난 가면을 쓰고 있어요."

대략 이런, 알맹이라고는 없는 소설이었는데 도입도, 결말도 기억나지 않지만 확실한 것 하나는 그 소설이 표절이었다는 것이다. 하도 하루키 책만 읽어서 그런지 모든 문장이 하루키 책 번역 투로 쓰여 있었고 하루키의 어느 소설에선가 본 것 같은 문장들로 이루어져 있었다. 전반적인 정서는『상실의 시대』같았고, 중반은『양을 좇는 모험』, 결말은『댄스 댄스 댄스』같았달까. 게다가 소설이었음에도 하루키의 수필 냄새가 짙게 풍겼다. 나 스스로도 표절했다는 것을 잘 알고 있었다.

그런 소설임에도 독자는 필요했다. 열심히 쓰긴 썼는데 나만 읽고 느끼기에는 아쉬웠다. 누군가가 읽어 주길 바랐다. 누가 좋을까? 부모님에게 보여 드리자니 말도 안 되는 일 같고, 친언니한테 보여 주면 입꼬리를 한쪽만 올려 웃으면서 같잖게 볼 것 같았다. 그 외에 다른 친구들 얼굴을 떠올려 보니, 다들 적절하지 않겠다는 결론이 났다.

마땅한 독자를 찾지 못했음에도 쓴 소설을 A4 용지에 프린트해서 늘 들고 다녔다. 독자가 나타나면 언제든 보여 주겠다는 생각이었다. 그러던 어느 날, 전공 수업 강의실을 주욱 둘러보다가 내 옆 옆 책상에 앉아 있는 ㄱ 모 학우가 눈에 띄었다. 우리는 전혀 친하지 않았다. 나는 김 씨, 그는 ㄱ 씨라 학번이 비슷하다는 것, 동성이라는 것, 그 두 가지밖에 공통점이 없었다. 그는 말수가 적지도 많지도 않았고, 공부를 열심히 하지도 안 하지도 않았다. 강의실에서도 튀는 일 없이 그저 출석에 의의를 두는 학생인 것 같았다. 즉, 나랑 비슷한 냄새가

났다.

무엇보다 중요한 사실 하나는 ㄱ이 하루키를 모르는 것 같다는 거였다. 내 독자는 하루키를 알아서는 안 됐다. 그리고 앞으로도 하루키를 모를 것 같은 사람이어야 했다. ㄱ이 그런 사람처럼 보였다. 그래, 네가 좋겠다.

나는 책상에 엎드려 있는 ㄱ에게 다가가 말했다. "내가 쓴 글 좀 읽어 볼래?" 갑자기 내민 A4 용지를 보고도 ㄱ은 놀라지 않았다. 조금 의외라는 표정으로 묵묵히 종이를 받아 들고는 그 자리에서 바로 읽기 시작했다.

그가 조용히 글 읽는 모습을 바라보니 저절로 긴장이 됐다. 침을 꼴깍꼴깍 삼키면서 그의 눈동자만 쳐다보았다. 그런데 ㄱ은 글을 지나치게 천천히 읽었다. 그리 길지도 않은 글인데 왜 이렇게 오래 읽는 거야? 둘 사이에 흐르는 영겁의 침묵을 견디지 못하고 불쑥 이렇게 고백했다. "알아. 하루키 표절했다는 거."

그 말에 ㄱ은 고개를 들어 나를 빤히 쳐다보았다. 하지만 아무런 대꾸도 하지 않고 다시 고개를 떨구고는 마저 글을 읽기 시작했다. 또다시 이어진 숙연 파티. 그는 한참을 그러고 있었고, 어느새 나는 ㄱ을 응시하는 일에 진력이 나서 다른 책상으로 가 창밖을 쳐다보았다.

멍하니 창밖을 바라보는 사이에 내 마음은 강같이 차분

해져 있었다. 그 어떤 이야기를 듣더라도 실망하지 않을 것 같았고, 행여 그가 아무 말 안 해 주더라도 괜찮을 것 같았다. 왜냐하면 이런 생각이 들었기 때문이다. '이제 됐어, 어쨌든 나는 썼잖아. 안 쓴 것보다는 낫잖아? 그리고 누군가에게 이렇게 보여 줬잖아. 안 보여 준 것보다는 낫잖아?'

얼마간의 시간이 지나고, ㄱ은 과묵한 분위기를 이어 가며 종이를 내밀었다. "잘 읽었어. 근데 좀 어렵다." 나는 고개를 끄덕이며 종이를 받아 들었다. "읽어 줘서 고마워." ㄱ과 내가 소설에 대해 이야기한 것은 그때가 처음이자 마지막이었다. 그리고 나는 두 번 다시 소설을 쓰지 않았다.

그날 이후, 몇 번의 이사를 반복하는 사이에 소설이 인쇄된 종이를 잃어버렸다. 소설의 한글 파일이 들어 있던 컴퓨터도 어딘가로 자취를 감췄다. 그저 나에게는 늘 얼굴 피부와 똑같은 가면을 쓰고 다니며, 자신이 그렇게 살고 있다는 것을 누군가에게 고백하고 싶어 안달이 난 주인공이 등장하는 소설을 쓴 적이 있다는 기억만 남아 있다. 하지만 그 경험을 통해 얻은 게 있다. 모든 작가에게는 독자가 필요하다는 것. '그래도 안 쓴 것보다는 쓴 게 낫잖아?'라는 깨달음.

그 생각은 여전히 나를 지배한다. 안 쓰는 것보다는 쓰는 게 낫고, 쓴 글을 혼자 보는 것보다 누군가에게 보여 주는 게 낫다는 것. 거기서부터 시작되는 무언가가 있다는 것. 그때는 내가 글 쓰는 직업을 갖게 될 거라고는 상상도 못 했는데, 어느새 이렇게 살고 있고, 여전히 '안 쓰는 것보단 쓰는 게 낫잖아?'라고 믿으면서 쓴다.

누군가에게 "소설은 안 쓰세요?"라는 말을 들을 때마다 생각한다. '쓴 적이 있어요. 그래서 안 쓰는 거예요.' 아무도 모르지만 나는 이미 소설을 써 봤다. 표절도 해 봤다. 독자도 있어 봤다. 그래서 아무래도 아쉽지가 않은 것이다. (하루키 스타일로 마무리.)

나를 지키는 글쓰기

'글쓰기는 나의 모든 것이야! 내 인생이라고 할 수 있지!'
이런 마음가짐으로 글 쓰는 사람도 분명 있겠지만, 나는 그런
사람이 아니다. 세상의 많은 일 중에 글쓰기를 가장 좋아하고
아끼는 건 맞지만 글 쓰지 않을 때의 나도 행복했으면 좋겠다.
그래서 글쓰기에 대해 조언할 기회가 생길 때마다 하는 말이
있다. "당신의 글보다 당신이라는 사람이 더 중요해요."

글쓰기를 막 시작할 무렵에는 욕심이 컸다. 포부도 장대
했다. 마치 글쓰기가 내 전부를 설명하기라도 하는 양 툭하면
예민해졌고 내 글에 대한 피드백에 일일이 신경이 곤두섰다.
더 잘되고 싶고 더 잘하고 싶어서 그랬다.

특히 독자를 넘어 문학계나 출판계에서 인정받고 싶었
다. 글 쓰는 일을 직업으로 하는 사람들, 이를테면 소설가, 시

인, 평론가, 편집자 같은 '전문가들'이 내 책을 칭찬해 주길 바랐다. '그들은 뭘 좀 아는 사람들 아닌가.' 하면서. 그러한 열망이 크면 클수록 글과 나를 분리하기 힘들었다. 예의상 하는 말일지라도 칭찬을 들을 때면 지나치게 흥분했고, 원하는 피드백을 듣지 못할 때는 필요 이상으로 기가 죽었다.

그때는 그만큼 자신감이 없었기 때문에 나 자신이 아닌 내가 쓴 글로써 인정받고 싶었다. 그러다 보니 글쓰기가 삶에서 차지하는 비중이 점점 거대해졌다. 그럴수록 글쓰기의 즐거움을 잊어버리게 됐다. 실체도 없는 누군가를 만족시키기 위해 쓰는 글 안에 나를 집어넣으면 집어넣을수록 만족스럽지 않은 글이 나왔고, '내가 진짜로 하고 싶은 말이 이거 맞나?' 하는 의문이 생겼다. 글이 안 풀리면 일상이 불행해졌고, 책이 잘 안 팔리면 인생도 같이 꼬이고 있다고 여겼다.

하지만 그런 마음을 글로 다 털어놓기는 뭣했다. 이상하게 들릴 것 같아서. 더 나아가 내가 이상한 사람이라는 것을 고백하는 것 같아서였다. 그래서 비슷한 글을 쓰고, 지우고, 다시 무난한 문장으로 고치고, 그러다 누구나 할 수 있는 말을 쓰고 나서는 안도했다. 솔직해지는 일에는 용기가 필요하다. 솔직한 글을 쓰는 일에도 마찬가지다. 그런데 이런 생각을 나만 하는 건 아니라는 걸 알게 됐다.

글쓰기에 관심 있는 사람들이 모인 자리에서 생각보다

자주 듣는 질문이 있다. "글을 솔직하게 쓴다는 게 뭘까요?", "글이 솔직하게 써지지 않아 고민이에요." 이러한 질문을 들을 때마다 하게 되는 이야기가 있다. 솔직한 글을 쓰기 전에 생각해 볼 것들이 있다.

1   나는 평소에 솔직한 사람인가?

평소에 자기 의견을 가감 없이 밝히고, 감정을 허심탄회하게 털어놓으며 사는 사람은 생각보다 많지 않다. 우리는 점심 메뉴를 고를 때도 다른 사람 눈치를 본다. 싫은 걸 싫다고 말하지 못할 때가 많듯, 좋은 걸 좋다고 말하는 것도 꺼릴 때가 많다. 하지만 글 쓸 때만큼은 그러면 안 된다고 생각한다. 왜? 자고로 글이란 그렇게 쓰면 안 되는 거라서?

평소 자신을 드러내는 일에 익숙하지 않은 사람은 글 쓸 때도 자신을 드러내기 어려워한다. 그런데 그건 잘못이 아니다. 솔직하지 못한 게 잘못인가? 아니다. 솔직하지 못한 게 거짓말을 한다는 뜻인가? 아니지 않나.

그런 사람이 갑자기 솔직한 글을 쓰겠다고 마음먹고 나면 단 한 줄도 쓸 수가 없다. 솔직하다는 게 무엇인지조차 알지 못하기 때문에 글쓰기 자체가 어려운 일이 된다. 그러다 보면 어영부영 쓰긴 하지만 결국 감정이 쏙 빠진, 상황이나 사건만 나열하는 글을 쓰게 된다. '나'는 없고 '주변'만 있는, 감상은 없이 현상만 설명하는 글. 단둘이 만났는데 서로가 아닌 다른 사람들 이야기만 잔뜩 하다 헤어지는 만남 같은 글이 완성된다.

그럴 경우, 일단은 그날의 감정에 대해 써 보자. 일기부터 한번 써 보는 것이다. 그러다 보면 자신은 일기 쓸 때조차 솔직해지지 못하는 사람이라는 것을 깨달을 수 있다.

솔직한 글을 쓰기 위해 가장 먼저 해야 할 일은 평소 자기가 솔직하게 마음을 털어놓는 사람인지 아닌지 되돌아보는 것이다. 솔직한 글은 솔직한 사람이 쓸 수 있다. 솔직하지 않은 사람은 솔직하지 않은 글을 쓴다. 사람은 자기를 닮은 글을 쓰게 돼 있다.

2   나는 이 글을 쓸 준비가 되었는가?

솔직한 글을 쓰고 싶다며 힘들었던 과거나 상처, 평소 자신을 짓누르는 생각이나 감정에 대해 써 보겠다고 마음먹을 때가 있다. 물론 용기 있는 선택이다. 하지만 비장한 마음으로 시작했다가 그때의 일이 생각나 괴롭고, 다시금 마음이 어지러워져 미처 글을 마무리하지도 못하고 접어 버린 경험이 있지 않은가. 분명 쓰고 싶은 이야기였는데 쓰다 보니 점점 괴로워지고, 그렇다고 무난하게 마무리하자니 뭔가 석연치 않은 마음이 든 적이 있지는 않은가. 나는 그런 적 있다. 아니, 많다.

그럴 때는 '아, 나는 아직 이것에 대해서 쓸 준비가 되지 않았구나.'라고 생각하고 마음을 접는다. 나는 내 글에 주도권을 갖고 있는 유일한 사람이다. 내가 쓰면서 불편하다면, 그건 아직 글로 쓰일 주제나 소재가 아니라는 뜻이다. 그럴 때는 내 마음과 기분을 먼저 지켜야 한다. 직업 작가도 아닌 다음에야 마음 불편한 글을 굳이 쓸 필요가 없다. 누구 좋으라고 그런 괴로움을 자처하나. 억지로 쓴 글은 읽는 사람도 괴롭다.

그럴 때는 일단 '좋아하는 것'에 대해 써 본다. 평소 생각만 해도 기분이 들뜨는 것, 아끼는 장소나 사람, 물건, 나를 기쁘게 하는 것들에 대해 써 보는 것이다. 그렇게 글쓰기의 토양을 보드랍고 폭신한 것들로 깔아 둔 다음, 그게 단단해졌을 때 마음에 담아 둔 이야기를 꺼내도 늦지 않다.

손이 움직이지 않는 글은 마음이 움직이지 않는 글이라는 뜻. 글쓰기가 괴로움이라는 사실을 먼저 깨치면, 글쓰기 자체에 정이 떨어질 수도 있다.

3   솔직함과 적나라함은 다르다

우리 그런 경험 있지 않나. 나는 그다지 친한 사이라고 생각하지 않았는데 갑자기 누군가가 자신의 과거 이야기나 가정사를 줄줄이 늘어놓아 뜨악했던 경험. "요즘 잘 지내요?"라는 흔하디흔한 질문에 최근에 생긴 우환, 인생을 둘러싼 의문, 요새 개인적으로 이러이러한 부침이 있었다고 기나긴 대답을 하는 사람 앞에서 어떤 생각이 드는가. 사연이 딱하다는 마음에 앞서 이런 생각이 들지 않는가. '갑자기? 이런 이야기를 왜 나한테?'

만날 때마다 자신의 불행을 화제에 올리는 사람은 또 어떤가. 한두 번이면 안타까운 마음에 위로하겠지만 주야장천 그런 이야기만 하며 분위기를 얼음장처럼 만들거나 관계까지 불편하게 하는 사람을 보면 이기적이라는 생각마저 든다. 가끔은 이런 생각도 하게 된다. '우리가 이런 것까지 다 받아 줄 사이는 아니잖아.'

솔직한 글쓰기를 하겠다는 이유로 타인은 아직 받아들일 준비가 안 된 이야기를 줄줄이 털어놓을 때가 있다. 나도 여전히 그런 실수를 많이 한다. 하지만 이 세상에 글을 내놓는다는 것은 내가 모르는 사람도 그 글을 읽을 수 있다는 뜻, 나를 좋게 봐 주고 내 사정을 아는 사람만 그 글을 읽는 게 아니라는 뜻이다.

잘 알지 못하는 사람에게 가슴 깊은 곳의 이야기까지 꺼내 보여 주는 것은 솔직함이 아닌 적나라함이 될 수도 있다. 그건 때로 타인을 불편하게 하고, 더 나아가 누군가에게 부담을 줄 수도 있다. 만나기 편치 않은 사람이 있는 것처럼, 읽기 편치 않은 글도 있다.

솔직함에 사로잡혀 글을 쓸 때는 한 번쯤 되돌아보자. 나를 모르는 사람이 이 글을 읽어도 괜찮을까. 너무 내 감정과 생각을 강요하고 있는 건 아닐까. 나는 이 글을 통해 무엇을 기대하는 것일까. 그 글을 쓰는 사람만큼은 답을 안다.

4 　 나도 상처받을 수 있지만 남도 상처받을 수 있다

상처받은 경험에 대해 쓰다 보면 누군가에게 상처를 주기도 한다. 누구 때문에 속상했고, 서운했어. 그 사람 너무 싫어! 이런 글을 쓰면 내 마음은 개운해질지 몰라도 누군가는 그 글을 읽으며 피눈물 흘릴 수 있다. 내 감정에 집중하는 것은 글쓰기의 시작이지만, 그 감정이 누군가를 아프게 하고, 뾰족한 칼끝이 돼서 나에게 다시 돌아올 수도 있다.

이 책을 준비하면서 버린 원고가 있다. 그 글을 쓰면서 가

숨이 후련해졌고, 묵은 감정과 의문이 풀리는 것 같아 위안도 얻었다. 그런데 다 쓰고 보니 그건 분명 어떤 사람들을 비난하는 글이었다. 나에게는 그 글을 쓴 이유가 확실히 있었고, 그 마음에 공감할 사람도 있다고 생각했지만 그게 변명이 될 수는 없었다. 나는 누군가에게 손가락질하는 글을 쓴 거다. 결국 누구에게도 도움이 안 되는 글이라는 걸 깨닫고 지워 버렸다.

몰두해서 쓴 원고를 버리는 일은 쉽지 않다. 결심하고 쓴 글을 포기하는 것도 쉬운 일이 아니다. 그 자체가 솔직한 행동이 아니라는 판단이 들기도 한다. 그런데 생각해 보자. 우리는 누군가의 솔직함에 상처받은 적이 얼마나 많았나. "나 뒤끝 없는 사람이잖아."라는 말에 속상하고 화난 적이 얼마나 많았나.

더군다나 글은 오래 남는다. 말은 사과하고 풀면 기억 속에만 남겠지만, 글은 문서나 책이 되어 나도 모르는 곳까지 전파될 수 있다. 쓴 사람은 특정인을 지칭하지 않는다고 해도 읽는 사람은 다 안다. 다 자기 보라고 쓴 글이라는 것을.

그런 글을 쓰는 것은 솔직함이 아니라 비겁함이다. 차라리 직접 얼굴을 마주하고 말하는 게 진짜 솔직함이다. 누군가에게 상처 주는 글은 결국 스스로도 다치게 한다. 나 역시 그런 어리석은 경험을 수없이 했다.

좋은 글을 쓰려면 무엇보다 나를 들여다봐야 한다. 나를 알고, 내 감정을 파악하며 쓰는 글은 모두를 지키는 글이 될 수도 있다. 마음이 편안하고 풍요로울 때, 좋은 글이 나온다고 믿는다. 우울하고 괴로울 때 멋진 글이 나올 수도 있겠지만, 나의 경우 우울하고 괴로울 때는 그저 그냥 우울하고 괴로운 글이 나오더라.

지금 자신의 글을 되돌아보는 사람이 있다면 스스로에게 솔직해질 것을 강요하지 않았으면 좋겠다. 대신 자신의 마음이 움직일 때까지 기다려 주었으면 좋겠다. 좋은 글을 쓰는 일보다 중요한 건 스스로를 지키는 일이라는 것을 기억하기를. 내가 없으면 그 글도 없다.

근로자입니다,
또 고용주이고요

사실은 글 쓰는 일 따위 그만두고 싶었다

배우 조여정이 영화 「기생충」으로 제40회 청룡영화상 여우주연상을 수상하면서 밝힌 소감은 개인적으로 '나를 가장 많이 울게 한 수상 소감 상'을 수상했다. 그는 눈물을 쏟으며 말했다. 어느 순간 연기를 자신이 짝사랑하는 존재로 받아들였다고, 언제라도 버림받을 수 있다는 마음으로 연기를 짝사랑해 왔지만 절대 그 사랑은 이뤄질 수 없다고 생각했다고. 어찌 보면 그게 자신의 원동력이었던 것 같다고.

사랑이 이뤄질 수 없으니 짝사랑이라도 열심히 해야겠다고 마음먹을 수 있었다고 말하면서도, 이 상을 받았다고 해서 그 사랑이 이뤄졌다고 생각하지는 않는다고 이야기했다. 그리고 묵묵히 걸어가겠다고, 지금처럼 씩씩하게 사랑하겠다고 약속했다. 그의 절절한 수상 소감을 들을 때도 그가 흘린 만큼의 눈물을 흘렸는데, 이 글을 쓰는 지금도 어느새 울컥한다.

나 역시 비슷한 생각을 여러 번 했다. 나는 글을 좋아하는데 글은 나를 좋아하지 않는 것 같다는 생각. 그동안 방송 작가, 회사원, 대학교 시간 강사로 일했지만 그것들은 언제든 그만둘 수 있는 일 같았다. 죽을 때까지 그 일을 하는 나를 상상할 수 없었다.

반면 글 쓰는 일만큼은 계속하고 싶었다. 하지만 그 일이 자꾸 나에게 그만두라고 하는 것 같았다. 실제로 그만두라고 말하는 사람들도 있었다. '요즘 누가 책을 봐.', '앞으로도 책은 아닌 것 같아.', '글 써서 뭐 먹고 살 거니?' 같은 말을 자주 들었다. 그래도 계속하고 싶다고 고집부리면서도 점점 혼자 책을 짝사랑하는, 혼자만 글쓰기에 집착하는 스토커가 되어 가는 것 같았다.

그러다 진지하게 이 일을 관둬야겠다고 마음먹었다. 전업 작가로 살아 보겠다며 방송 일을 그만두고 글만 쓰며 생활한 지 8, 9년쯤 되었을 때였다. 원고 청탁은 거의 들어오지 않고, 책도 팔리지 않고, 같이 작업해 보고 싶다는 편집자들도 없었다. 할 줄 아는 건 글쓰기밖에 없는데 딱히 쓸 이야기도 없었다. 뭘 써야 할지 몰랐다는 말이 맞을 것 같다. 써도 읽히질 않았으니까. 내 글이, 나 자신이 의심스러웠다.

이 일을 계속하기는 힘들 것 같은데 다른 일을 찾아보자니 경력과 스펙은 헐렁한데 나이만 찰 대로 찬 사람이 되어 있었다. 좋아해서 몰두해 왔던 일이 나를 너그럽게 봐 주지 않는다는 건 생각보다 큰 배신감으로 다가왔다. 그래도 먹고살려면 다른 일을 찾아봐야 할 것 같아서 자격증을 따기 위해 학원을 다녔고, 새로운 전공 학위를 따겠다며 뒤늦게 학교를 다시 다녔다.

그러면서도 이게 맞는 건지 계속 헷갈렸다. 내가 좋아하는 일은 따로 있는데, 그 일을 하기 위해서는 다른 일을 해야 한다. 그런데 그 다른 일조차 할 준비가 전혀 되어 있지가 않다. 차디찬 현실이 괴로웠지만 속으로는 알고 있었다. 역시 글 쓰는 일은 그만둬야 해, 가망이 없잖아.

그러던 어느 날 모르는 편집자에게서 연락이 왔다. "작가님의 글을 좋아하는데요, 같이 작업하고 싶은 기획이 있습니다." 귀로는 그 말을 들으면서도 마음에는 울림이 없었다. '저는 글 그만 쓸 건데요. 밥도 못 먹고 사는데 무슨 책이에요.' 그래도 나중에 기회를 놓쳐 버렸다며 후회하기는 싫어서 만나서 이야기나 들어 보기로 했다.

동그란 안경을 쓰고 보들보들한 스웨터를 입은 편집자는 자신이 만든 기획안을 설명하며 처음 보는 사람 앞에서 덜덜 떨었다. 그 앞에서 짐짓 센 척을 하고 있었지만 속으로 나도 똑같이 떨었다. 머릿속에는 이런 생각이 떠다녔다. '제가 쓸 수 있을까요? 하기 싫은 건 아닌데 자신이 없어요.' 미간을 잔뜩 찌푸리며 일단 생각해 보겠다고 말한 다음 집으로 왔다.

며칠 뒤 출판 계약서에 도장을 찍었다. 돈이 필요해서였다. 계약금으로 선인세를 받으면 석 달은 다른 일을 하지 않고 글만 쓸 수 있을 것 같았다. 그렇게 계산기를 두드리는 내 모습에 실망하면서도 없던 기운이 났다. '그래도 석 달을 번 거잖아. 이것만 쓰고 그만두는 거야.'

그날부터 방에 틀어박혀 책 읽고, 글 쓰면서 시간을 보냈다. 마음에 들지 않는 내가 쓴 마음에 들지 않는 글을 읽으며 여러 번 지우고 고치고 새로 썼다. 솔직히 이 책으로 벌떡 일어서고 싶었지만 어떻게 하면 그럴 수 있는지 알 수가 없었다. 습관적으로 멋져 보이는 문장을 늘어놓고 나니 글 구석구석에서 이런 열망이 느껴졌다. 나 좀 좋게 봐 주세요. 대단하다고 말해 주세요. 아직 나를 내려놓지 못하겠어요.

그걸 불쑥 깨닫고는 마음이 어려워져 작업을 멈추고 편집자에게 전화를 걸었다. 나보다 한참 어린 그를 향해 "저 이거 못 쓰겠어요, 너무 어려워요." 하며 엉엉 울었다. 그때 그가 뭐라고 했더라. 별 이야기 안 했던 것 같다. 그냥 듣고 있었던 것 같다. 내용은 기억 안 나는 통화지만 아직도 그 시간을 선명히 기억한다. 전화기 너머의 온기와 침묵이 축 처진 내 어깨를 두드려 주는 것 같았다.

통화를 마친 다음, 어차피 망할 거니까 그냥 한번 써 보기로 마음먹었다. 멋진 척하지 말자. 있는 척, 똑똑한 척도 하지 말자. 아무리 그래 봤자 독자들은 다 안다. 나 또한 누군가의 책을 읽을 때, 작가가 숨기고 싶어 하는 마음이 눈에 들어온 적이 많았다. 문장이나 단어로는 한 번도 등장하지 않던 비밀스러운 감정이 그가 쓴 글에는 빼곡히 들어 있었다. 이 사람은 무시당하고 사는 걸 못 견디는구나, 줄기차게 똑똑해 보이고 싶은 사람이구나……. 리뷰로 남기면 악플이 될 것만 같은 감상이 느껴지곤 했다.

그런데 왜 나도 비슷한 짓을 하고 있을까. 왜 자꾸 어른인 척하고, 다 깨달은 사람인 것처럼 굴고, 뭐든 잘 해내는 사람처럼 보이려 하나. 나는 그런 사람이 아닌데. 그런 사람이 아니라는 사실을 들킬까 두려워 더 근사해 보이는 단어와 문장을 고르며 '좋아 보이는 글쓰기'에만 집중하고 있었다. 왜 이리 내려놓질 못하니. 마지막 책이라며. 이제 글 안 쓴다며.

그날 밤, 기존에 써 둔 글을 버렸다. 대신 지금 느껴지는 감정에 대해 쓰기로 했다. 눈물이 나면 울면서, 화가 나면 화내면서, 웃음이 터지면 실실 웃으면서 썼다. 말로 옮기면 빤하게만 들릴 감정들을 '그러면 좀 어때.'라고 여기며 썼다.

그리고 쓰기 꺼려지는 이야기를 먼저 썼다. 누가 알게 될까 봐 창피한 이야기, 말할 용기가 없어 그동안 감추고 있었던 일들부터 썼다. 읽어 보면 자꾸 고치고 싶고 삭제하고 싶은 글일수록 그대로 놔뒀다.

몇 달 후, 완성한 원고를 편집자에게 보내고 나서 책상에 엎드려 한참 울었다. 왜 울었는지는 모르겠다. 그냥 막 눈물이 났다. 지금 생각해 보니 그 책을 마지막으로 글 쓰는 일을 그만두고 싶지 않아서였던 것 같다. 나는 이 일을 좋아하는데, 이 일은 또 나를 안 좋아하겠지. 이 책은 또 안 팔리겠지. 그런 생각을 하면서 엉엉 울었다.

하지만 몇 달 후 그 책은 지금까지 내가 쓴 책 중 가장 많이 팔린 책이 됐다. 믿을 수 없는 결과 덕분에 지금 이 글을 쓴다. 그렇지만 배우 조여정의 말처럼 글을 향한 내 짝사랑이 이뤄졌다고는 생각하지 않는다. 짝사랑을 더 길게 할 수 있는 시간을 벌었다고 생각한다.

그 책을 쓴 다음 내 글은 조금 달라졌다. 이제는 멋 부리는 문장, 더 똑똑해 보이는 단어를 찾기 위해 골머리를 썩이지 않는다. 일단 그냥 쓴다. 안 풀리면 지우면 된다. 안 써지면 써질 때 다시 쓰면 된다. 아예 망쳤다면, 잠시 쉬었다 쓰면 된다. 그동안 나에게 결코 해 주지 못했던 말들을 떠올리며 뭐라도 쓰고 본다.

짝사랑을 더 할 수 있는 시간을 얻고 나서 새로운 꿈이 생겼다. 그건 더 많이 팔리는 책을 쓰는 일도, 인기 작가가 되는 일도 아니다. 그저 이 일을 앞으로 10년만 더 할 수 있었으면 좋겠다. 10년이 지난 후에 또 한 번의 10년이 주어진다면 더 바랄 게 없겠다. 글 쓰는 일 따위 그만두고 싶었던 사람은 사실 글 쓰는 일 따위 그만두고 싶지 않았다. 짝사랑이라도 계속하고 싶었다.

언제부터인가 이 일을 계속하게 만들어 준 보이지 않는 힘들이 생각날 때마다 고맙다고 중얼거리는 버릇이 생겼다. 길을 걸으면서, 밥을 먹으면서, 커피 한잔을 마시면서도 문득 떠오르면 속으로 짧은 기도를 한다. '고맙습니다.'라고. 그동안의 시간은 결코 나 혼자 쌓아 온 게 아니다. 그 사실을 알게 된 이상, 더는 그만두겠다는 말을 할 수가 없다.

매일 출근하는 방

재택근무의 가장 큰 취약점은 작업 공간과 휴식 공간이 분리되지 않는다는 것이다. 그로 인해 온, 오프가 확실하지 않고 업무 능률 역시 들쑥날쑥할 수밖에 없다. 잠깐 일하다가 소파에 드러누워 티브이를 켜고, 뻣뻣해진 허리를 잠시 쉬이겠다며 침대에 드러누웠다가 낮잠을 세 시간 넘게 자는 식이다. 마감날이 아직 멀었다고 판단하는 날에는 갑자기 날아드는 놀자는 연락에 하던 일을 내팽개치고 뛰쳐나가기도 한다. 직장인이었다면 일주일도 못 가 해고됐겠지.

이렇듯 온갖 유혹 앞에 속수무책인 인간이라 한동안은 카페에 가서 작업했지만, 화장실 갈 때마다 두고 가야 하는 소지품이 신경 쓰인다는 점, 하루에 두 잔 이상 마시기에는 무리인 음료를 수시로 시켜야 한다는 점 등이 성가셨다. 눈치 볼

필요 없이 오래 머물며 작업에 집중할 수 있는 카페를 찾는 것
도 쉬운 일이 아니었다. 그래서 집 안에 매일 출근하는 방 하
나를 따로 만들기로 했다. 규칙도 정했다.

1 월요일부터 금요일까지 작업방으로 출근한다. (주말엔 쉰
   다. 단, 평일에 작업하지 못했을 경우 주말을 반납한다.)
2 하루에 다섯 시간에서 여섯 시간 일한다. (중간에 30분 정
   도 티타임은 갖는다.)
3 업무를 제외한 할 일(작업과 관련 없는 독서, 운동, 사적인
   약속, 장보기, 빨래, 청소, 설거지)은 작업 전후에 한다.
4 일하기 전에 제대로 씻는다.
5 퇴근 후에는 폼롤러로 몸을 풀거나 스트레칭을 한다.

단촐한 규칙이어서 처음에는 지키기 쉬울 거라 생각했지
만 본격적으로 실행해 보니 얼마 지나지 않아 몸이 뒤틀렸다.
집에서 일하는 거니까 안 씻어도 될 것 같아서 잘 때 입던 옷
그대로 입고 머리를 벅벅 긁거나(그래서 추가된 것이 4번 조항),
일하다 말고 갑자기 집 안을 두리번거리며 청소할 데는 없는
지 찾거나, 평소에는 잘만 쌓아 두던 설거지가 인생 중차대한
일로 느껴져 서둘러 고무장갑을 끼기도 한다. 틈만 나면 휴대
폰으로 SNS나 카톡을 들여다보는 건 기본이다.

고작 대여섯 시간 업무에만 집중하는 것이 이리도 어려울 줄이야. 그동안 열심히 살고 있다고 생각했는데 마감 직전에만 몰아치듯 밤샘을 반복하며 살아왔다는 사실을 깨달았다. 그 시간의 평균을 내 보면 할 말은 더 궁해지겠지. 초반엔 삐거덕댔지만 꾸준히 골방으로 출근 도장을 찍고 나서 달라진 점이 있다.

1 매일 쓰게 된다.
2 마감일 전에 원고를 마무리할 수 있다.
3 퇴근 후의 시간 및 주말의 소중함을 깨닫게 된다.
4 쉬는 동안에는 일 생각을 안 하게 된다.

어느새 이 루틴에 습관이 붙어서 책 원고를 쓰는 기간이 되면 매일 비슷한 양을 일하고, 비슷한 양을 쉰다. 마감이 바짝 다가오면 두 배 더 일하곤 하지만 끼니를 거르거나 잠을 덜 자는 일만큼은 피한다. 그러다 보니 갑자기 업무량이 폭주해 컨디션이 망가지는 일이 없다. 다만 서서히 자근자근 건강이 상하고 있어서 뒤늦게 추가된 것이 5번 항목이다.

9시쯤 일어나 다량의 아침을 느긋하게 먹으면서 보고 싶은 티브이 프로그램이나 영화를 본다. 소화시킬 겸 설거지나 청소를 하거나 빨래를 갠다. 대략 11시에서 12시 사이에는 책상 앞에 앉아 작업을 시작하고, 5시에서 6시 사이에 끝낸다.

짧고 굵게 일하는 만큼 작업할 때는 최대한 작업만 한다. 급한 일이 없는 한 휴대폰은 무음으로 해 두고 음악도 틀지 않는다.(나의 경우 음악 소리는 집중력을 흐트러뜨린다.) 작업하기 전에 찻주전자를 책상 위에 올려 두는데 늘 마시는 걸 까먹는다. 뒤늦게 목이 마르거나 배가 고프다 싶으면 네댓 시간이 훌쩍 지나가 있다. 나조차도 믿기 어려운 집중력이다.

그렇게 작업을 끝내고 나면 내 세상이다. 혼술을 하기도 하고 운동을 하거나 도서관에 가기도 하고, 친구들을 만나거나 영어 과외나 심리 상담을 받는다. 그렇게 몇 달을 살다 보면 마치 퇴근 후의 시간을 알차게 보내는 직장인이 된 것 같아 뿌듯하다.

좋아하는 일을 오래 하기 위해서는 일상을 착실하게 챙기는 게 먼저다. 오늘 하루 챙기지 못한 컨디션은 다음 날 영향을 주고, 제대로 마치지 못한 일은 일주일을 망칠 수도 있다. 그렇기 때문에 나를 더 조이고 다그칠 것이 아니라, 스스로를 잘 돌보는 방법을 몸으로 익혀 세포에 새길 필요가 있다.

프로의 마음가짐을 유지하기 위해서는 억지로라도 계속해야 할 일들이 있다. 글 쓰는 일은 내 직업이므로 글이 써지든 그렇지 않든 써야 한다. 알맹이 있는 문장이라고는 한 줄도 못 쓰면서 다섯 시간 동안 책상 앞에 앉아 있는 건 한심하고 복장 터지는 일이지만, 자신과의 약속을 지키는 일이기도 하다. 그러는 동안 나와의 약속을 지키는 일이 남과의 약속을 지키는 일보다 어렵다는 것을 통감한다.

이 생활을 반복하다 보니 그동안 매일 읽고 쓰는 삶을 살고 있다고 우겨 왔지만 사실은 내가 읽고 싶을 때만 읽고, 쓰고 싶을 때만 써 왔다는 걸 알게 됐다. 취미와 놀이의 연장으로 일을 대해 왔다는 것도. 이제라도 스스로 작업 규칙을 만들고 지키며 지낼 수 있어서 만족스럽다. 마감을 기준으로 질질 끌려다녔던 일상을 조만간 정리할 수 있기를.

그래서 뭘 써야 할지 몰라도 아침밥 먹고 나면 일단 책상 앞에 앉는다.

마감은 약속

외부에서 원고 청탁을 받는 경우에는 청탁한 쪽에서 마감날을 정해 알려 주지만, 책 원고 마감일만큼은 대부분 내가 정한다. 출판 계약을 할 때도 스스로 정한 마감일로 계약서를 작성한다. 13년 전부터 매년 책 마감이 한두 개씩 꼭 있었는데, 한 번을 제외하고 다 마감을 지켰다. 마감은 약속이니까.

평소 나는 슬렁슬렁 사는 편이지만 약속에는 유난히 민감하다. 누군가와 어떤 방식으로 약속했건 어떻게든 지키려고 한다. 유연한 인간관계를 위해 으레 하는 "언제 한번 밥 먹어요." 같은 말에도 나는 "그럼 언제 어디가 좋으세요?"라고 되묻는 꽉 막힌 스타일이고, 누군가를 만날 일이 있으면 출발하기 전에 지하철이나 버스 운행 시간을 계산한 다음에 움직이는 숨 막히는 타입이다. 5분이라도 늦을 것 같으면 미리 연락하고, 대부분 시간 맞춰 도착한다. 만약 약속을 취소해야 할 사정이 생기면 미리 알리고, 서둘러 다음 약속을 잡는다. 이 모든 과정에 피로감을 느껴 웬만하면 사람을 안 만나고 산다.

이렇게 여유라곤 없는 성미여서 얼마 전까지만 해도 시간 약속을 안 지키는 사람들에게 크게 스트레스를 받았다. 방송 작가 일을 하는 동안, 남한테 화내는 걸 잘 못 하는 내가 얼굴이 터지기 직전까지 후배에게 격노한 적이 딱 두 번 있었는데, 둘 다 지각이 잦아서였다. 시간 약속을 지키지 않는 사람은 뭘 해도 엉성하다는 새마을 운동식의 마인드를 가지고 있으며, 시간 개념이 헐거운 사람은 남의 시간을 소중하게 생각하지 않는다는 편견도 있다.

그래서 원고 마감 역시 꼭 지키려고 한다. 책 원고 마감이 정해지면 따로 하나의 마감을 더 정하는데, 바로 '나에게 원고를 인도해야 하는 마감'이 그것이다. 만약 편집자에게 5월 1일에 원고를 보내기로 했다면, 나에게 원고를 보내는 시기는 4월 1일쯤으로 정하고, 남은 한 달 동안 완성된 원고를 읽고 고친다. 이미 약속한 마감 날짜 이전에 하나의 마감을 하나 더 두어 나 자신을 단속하는 것이다.

그랬는데도 원고가 안 풀리거나 약속한 일정을 맞출 수 없을 것 같아 염려될 경우에는, 출판사와 약속한 최종 마감날 바로 다음 날에 출국하는 스케줄을 굳이 만든다. 만약 출판사에 최종 원고를 넘겨야 하는 날이 3월 30일이라면, 3월 31일에 휴가를 가게끔 미리 예약을 해 버리는 것이다. 단, 취소와 환불이 안 되는 조건으로 예약한다. 그런 식으로 스스로를 채찍질하지 않으면 하염없이 시간이 늘어질까 봐 끈질기게 잔머리를 굴린다. 그런데도 앞서 말했듯 원고 마감을 지키지 못한 적이 한 번 있다.

몇 년 전, 기획은 자신 있게 했지만 원고를 푸는 과정에서 자꾸 막히던 책이 있었다. 몇 차례 기획안을 엎고, 새로 만들고, 엎고를 반복해서 그럭저럭 납득 가는 기획안을 완성했는데, 실제로 원고 작업을 해 보니 역시 풀리지 않았다. 혼자 괴로움의 나날을 보내 봐도 안 써지는 원고가 써질 리 없고, 딱히 상의할 사람도 없어서 혼자 끙끙 앓았다. 그럴 때일수록 편집자의 도움이 절실한데, 이미 기획안을 여러 번 엎은 사람으로서 꼬치꼬치 물어보고 의견 듣는 일이 내키지 않아서 말도 못 하고 애태우다 결국 마감날을 놓쳐 버렸다.

부랴부랴 양해를 구하고 쥐어짜듯 원고를 완성했지만 이번에는 퀄리티가 만족스럽지 않았다. 다 내가 시작하고 끝낸 일이니 누굴 탓할 수도 없었고, 원고를 기다리는 편집자에게는 머리를 조아리는 처지가 되어 원고를 고치고 또 고쳐 우여곡절 끝에 책이 출간되었다. 그 책은 지금도 드문드문 팔리고 있지만, 나에게는 미운 손가락 같은 책이다. 그 경험을 통해 시간에 쫓기면 될 일도 안 된다는 것, 안 될 일은 더 안 된다는 걸 절감했다.

그때부터였던 것 같다. 마감에 대한 강박이 더 거세어진 것은. 그날 이후 스스로 마감날을 정하고, 나만을 위한 또 한 번의 마감날까지 정하면서 여기까지 왔다. '마감은 꼭 지키는 사람'이라고 당당히 말할 수 있게 되었지만, 만약 나에게 그 짠내 나는 경험이 없었다면 지금쯤 '마감? 그까짓 것 쓰다 보면 늦을 수도 있고, 못 지킬 수도 있는 거지.'라고 여겼을지도 모르겠다.

시간이 흐를수록 시행착오를 통해 무언가를 배우고 싶지 않아진다. 잘 풀리고 성공한 기억을 통해서만 인생에 대해 깨닫고 싶다. 하지만 되돌아보면 늘 넘어졌던 기억으로 무언가를 깨쳐 왔다. 그런 의미에서 '지가 당해 봐야 알지.'는 세기의 명언인 듯? 마감을 못 지켜 괴로웠던 경험을 통해 마감을 지킬 수 있는 사람으로 거듭났으니까. 약속을 지키는 일의 소중함 역시 깨닫게 되었으니까.

단, 비록 나는 이렇게 살더라도 약속에 헐렁한 사람에게 너그러워지려고 한다. 번번이 표정 관리가 안 되지만 나 같은 사람이 더 특이할 수 있다고 생각하며 찌푸린 미간을 느슨하게 만들어 본다. 괴팍하게 굴지 말자. 나만 손해다. 자꾸 그러면 옆에 아무도 안 남아, 너.

잘난 척하듯 길게 써 놨지만 이 모든 것이 가능한 이유는 내가 전업 작가이기 때문이다. 글 쓰는 걸로 먹고사는 사람이므로, 글을 열심히 써서 시간 내에 넘기면 되는 것이다. 그런 일을 직업으로 하는 사람이 원고 마감을 어긴다는 것은 근무 태만이자 직무 유기라고 생각하고, 다른 건 다 엉망이어도 원고 마감만큼은 잘 지키자고 다짐한다.

앞으로 살면서 몇 번의 마감을 더 하게 될까. 그중에는 분명 지키지 못하는 마감도 있을 것이다. 그래도 괜찮겠지 뭐. 아니다, 괜찮지 않다. 그래도 그걸로 인해 또 무언가를 깨닫게 되겠지. 하지만 그런 식으로 뭔가를 깨닫고 싶진 않아서 오늘도 나는 마감 지키는 일에 집착한다.

복지에 힘쓸수록 신나서 일한다

직장 생활을 하는 지인들이 부러울 때는 거의 없는데, 보너스, 인센티브, 퇴직금 등 돈에 대한 이야기를 들을 때면 가끔 부럽다. 다달이 통장에 들어오는 급여가 있다는 것만 해도 부러운데 그것 말고도 받는 돈이 더 있다니. 고용 보장과 무관하고 일하고도 돈을 못 받는 일이 허다한 프리랜서로서는 놀라울 따름이다.

그래서 언젠가부터 스스로에게 보너스, 인센티브, 퇴직금을 주고 있다. 나는 근로자이지만 고용주이기도 하고(나는 나를 고용한다.), (대부분 집에서 일하지만) 바깥일을 하는 사람이면서 집안일을 하는 사람이기도 하다. 무엇보다 1인 가구의 세대주다. 이 말은 내가 번 돈은 내 맘대로 쓸 수 있다는 이야기. 번 돈이 없으면 못 쓸 때도 많다는 얘기다.

보너스도 내 돈이고, 인센티브도 내 돈, 퇴직금도 내 돈이지만, 출혈을 감수하고서라도 그 짓을 계속하는 이유는 긴 시간을 혼자 꿍냥꿍냥 일하는 스스로를 다독이기 위함이다. 나는 내가 일을 관두면 밥을 먹을 수 없다. 내 심사가 뒤틀리거나 무기력에 빠지면 생활 자체가 불가능해진다. 이 한 몸 힘내서 일하면 더 질 좋은 삶을 영위할 수도 있다. 나를 먹여 살리는 건 나이므로, 그만큼 잘 대접해야 한다.

가을은 '독서의 계절'로 마케팅되어 있는 시즌이기에(실제로 가을에 사람들은 책을 잘 읽지 않는다고 한다.) 각종 강연이나 작가와의 대화, 북토크 등이 자주 열린다. 아무리 집에만 있는 사람이라도 바깥에 나가 작가로서 사회생활을 하게 되는 시기다. 강연을 위한 피피티를 만들고 사람들을 만나 떠들고, 책에 사인을 하면서 어색한 미소도 연발한다. 그래서인지 집에 돌아오면 물기를 푹 머금은 젤리 상태가 되지만 그럼에도 힘을 낼 수 있는 이유 중 하나는 이 시기를 잘 버티고 나면 보너스가 지급되기 때문이다. 통장 잔고를 쓰윽 훑어본 다음 얼마 정도를 떼어서 이만큼은 나를 위해 쓰기로 정한다.

그 돈으로 여행을 갈 수도 있고, 그동안 사고 싶었던 걸 살 수도 있고, 좋아하는 사람들과 맛있는 걸 먹으러 갈 수도 있다. 보너스를 쓰는 데는 딱 한 가지 조건이 있다. 그 돈으로 생존에 필요한 무언가를 하지 않을 것. 이를테면 생활비에 보태거나 생필품을 사거나 적금 드는 일 따위는 하지 않는다. '보너스 = 난데없이 생긴 돈'인 만큼 난데없는 일에 써야 한다. 그럼으로써 보너스를 받았다는 사실을 금방 잊어버려야 또 다른 보너스를 위해 힘낼 수 있다.

인센티브는 책이 잘되면 받을 수 있다. 이제껏 딱 한 번 받았는데, 그런 만큼 평소에 안 하던 짓을 해 보고 싶었다. 그 래서 난생처음으로 흰 편지 봉투가 미어터지도록 만 원짜리 지폐를 채워서 부모님께 용돈으로 드렸다. 친구들과 여행을 가서 숙박비를 내거나 선물을 사 주었다. 나만을 위해 쓴 돈이 아니었음에도 말할 수 없이 기분 좋았다. 그동안 부모님 댁에 오랜 기간 얹혀살았고, 친구들에게는 늘 얻어먹기만 했기 때 문에 내가 번 돈으로 대접할 수 있다는 사실이 감개무량했다.

퇴직금은 책이 발간되고 나면 받는다. 딱 한 번 가까운 곳 을 여행할 수 있을 만큼이다. 책 쓰는 동안 받은 스트레스, 고 민 따위를 날려 버리고,(하지만 잘 날아가지 않는다.) 새로운 작 업에 쓸 에너지를 비축한다.(하지만 좀처럼 비축되지 않는다.) 그래서 많은 곳을 보고 이러저러한 경험을 하는 여행을 하기 보다는 익숙한 곳에 가서 주로 누워 있는다. 그동안은 일본, 방콕, 발리 등으로 여행을 갔는데 이 책을 다 쓰고는 어디로 떠나게 될지. 안 갈 수도 있고 더 멀리 갈 수도 있다.

기나긴 시간 붙잡고 있던 원고를 완성해 보내거나, 책 원고 마감을 하고 나서도 나만의 의식을 치른다. 평소에는 사기 망설여졌던 1만 5000원에서 2만 원 정도 하는 와인 한 병(어쩔 땐 두 병. 깜찍하게 맥주도 추가.)을 사고, 혼자 먹기에는 많은 양의 음식을 상 한가득 차려 놓고 먹으면서 질릴 때까지 넷플릭스를 본다. 읽고 싶었던 신간을 사치 부리듯 여러 권 주문하기도 하고 친구들과 멀리 걸으러 가기도 한다. 그런 시간을 통해 내가 해 온 일에 착실하게 마침표를 찍어 준다.

그렇다면 일을 잘못했을 때 패널티는 없냐고? 그런 건 없다. 패널티라면 이미 세상으로부터 질리도록 받고 있는데 뭐 하러. 나는 나를 버릇없이 키울 것이다.

전업 작가로 집에서 일하다 보면 일과 휴식이 좀처럼 분리되지 않는 일상을 살게 된다. 침대가 있는 방에서 일고여덟 발자국만 걸으면 책상이 있고, 텔레비전을 보다가도 고개를 돌리면 읽어야 할 책 무덤이 보인다. 할 일이 쌓여 있어도 일이 손에 잡히지 않거나, 일을 다 하고 나서도 금세 다른 일을 시작해야 할 것 같은 조바심에 사로잡힌다. 그래서 나도 모르게 일중독이 되어 건강을 해치거나, 번아웃이 와 하염없이 무기력해지기도 한다. 그럴 때는 스스로를 다그치며 아자 아자 파이팅을 외치는 일보다 무사히 마친 일을 잘 보내 주고 새로운 에너지를 충전하는 의식이 더 효과적이다.

고용 보장도, 4대 보험도, 월급도, 연봉도, 보너스나 인센티브 혹은 퇴직금도 없는 일용직 노동자이지만 스스로를 위한 리추얼만큼은 포기하지 않으려 한다. 내 수고를 스스로 알아주고, 그 공을 치하함으로서 직업으로서의 에세이스트의 삶을 유지하는 일에 자부심을 느끼고 싶다. 사장(나)이 복지에 힘쓸수록 직원(나)은 신나서 일한다.

책이 안 팔릴 때 작가가 하는 생각

　내가 쓴 책이 다 잘될 리 없다는 걸 알면서도 내가 쓴 책이 다 잘됐으면 좋겠다. 그런 바람이 없다면 애초에 책을 기획하고, 쓰고, 출간에 관련된 여러 작업을 하고, 책을 내는 일련의 과정이 대체 무엇을 위한 일인지 모호해진다. 판매 부수가 책의 전부는 아니지만 어떤 때에는 책의 전부가 된다. 들인 노력과 시간에 대한 보상이 그것밖에 없을 때가 많아서다.

　책이 잘 팔리면 여러 가지 면에서 안심이 된다. 머릿속도 단순해진다. 인간은 좋은 결과를 두고는 길게 생각하지 않는 습성이 있다. 마치 이게 당연한 일이라는 듯이 받아들이고, 원래부터 그 결과에 익숙한 사람처럼 군다. 그리고 그 행복감이 주욱 이어질 것처럼 마음을 놓는다. '한시름 놓았다'가 아니라 '이 한 시름 놓음'이 인생에 걸쳐 계속될 것이라고 착각

한다.

하지만 책이 잘되지 않으면 모든 상황이 역전된다. 온갖 생각이 꼬리에 꼬리를 문다. 잘되는 이유는 하나지만 안되는 이유는 적어도 다섯 가지가 넘는다. 애초부터 이게 문제였고, 그래서 불안했고, 모든 상황을 고려해 봤을 때 이런 참혹한 결과는 당연한 거였다는 생각을 책이 다 나오고 나서야 하게 되는 것이다.

게다가 나처럼 남 눈치를 보느라 제때 할 말을 못 하고, 충돌을 피하기에 급급한 성격은 뒤끝이 오래간다. 그럴 때는 자신을 탓하기보다 남을 탓하는 것이 도움되는 것처럼 보인다. 책이 잘 안됐을 때 하게 되는 생각들은 다음과 같다.

1 편집자가 잘못했다.

2 출판사가 잘못했다.

3 독자들이 잘못했다.

4 시기가 좋지 않았다.

5 출판 시장에 망조가 들었다.

6 주변 사람들의 응원이 충분치 않았다.

주변 온갖 것들을 원망하다 보면 다음과 같은 생각도 이어진다.

7 그렇게 뭐 잘났다고 글 쓴다고 깝죽댔냐.

8 관둬. 관두라고.

9 어쩌면 내가 세상에 태어난 것부터가 문제였을지 모른다.

10 결국 모든 게 내 탓이다.

마지막으로 하게 되는 결심은 이거다.

11 다 모르겠고 잠이나 자자.

이래 놓고도 잠에서 깨면 다시금 말끔히 세척된 뇌로 '다음 책은 뭘 쓸까?' 하고 고민한다. 열심히 하면 이전의 실패를 만회할 수 있지 않을까? 혹시 이다음 책은 잘될 수도 있지 않을까? 그런 공상을 반복하면서 또 하루를 산다. 할 줄 아는 게 쓰는 것밖에 없어서, 그러니 쓰지 않을 수 없어서 또 쓴다.

이제껏 낸 책 중에 반 정도는 조금 팔렸고, 나머지는 1쇄도 다 팔리지 않을 만큼 망했고, 한 권은 베스트셀러가 됐다. 확률로 따지면 절반의 성공이다. 만약 팔리지 않은 책이 대부분이었다 해도 여전히 이 일을 하고 있을까? 아니면 언젠가는 팔릴 책을 쓸 수 있을 거라며 칼 가는 마음으로 더 노력했을까? 모르겠다.

얼마 전, 또 한 권의 책을 그늘진 창고로 보내면서 생각했다. 세상에는 맘처럼 되는 일이 얼마 없다는 걸 알면서도 책에 대해서만큼은 그렇게 생각하지 않는다는 것을. 내가 노력하고 고민한 만큼 정당한 대가를 받아야 한다는 생각은 대체 어디서부터 시작된 믿음일까. 그렇지만 그런 기대조차 없다면 내가 하는 일이란 게 참 허무하잖아. 혼자 대나무숲에 들어가 허공에 대고 소리 지르는 사람이 되는 거잖아.

그렇게 잠을 설치고, 실체 없는 누군가를 원망하는 마음으로 시간을 보내는 동안에는 남의 책을 많이 읽는다. 그럴 땐 읽으면서도 꼭 꼬투리를 잡게 된다. 문장이 말이 안 되네, 이 책은 뭔데 이렇게 인기가 많은 거야 등등. 그럼에도 불구하고 이 책 저 책 계속 읽다 보면 도무지 손에서 놓지 못하겠는 책을 만나고, 허를 찔려 움찔움찔 책장을 넘기게 되고, 그러는 동안 깨닫는다. 그래, 이래서 책이 좋은 거지. 그래서 나도 쓰고 싶은 거지.

평범한 사람의 용기 있는 목소리가 담긴 책을 좋아한다. 이만큼 좌절하고 실패했지만 '그래도 계속해 보려고요.'라고 말하는 책들. 그런 책들에서 받은 위로가 수도 없이 많았기에 다시 글 쓸 용기를 낼 수 있었다. 그러는 동안 머릿속에 번쩍 떠오르는 생각이 있다. 지금 내가 하는 이런 시시한 고민에 대해 써 보는 건 어떨까. 내가 누군가의 이야기를 읽으며 그랬던 것처럼 내 이야기에 위로받는 사람이 있을지도 모르잖아.

결국 망한 책이 새로운 책을 쓰게 한다. 책이 잘되었다면 결코 떠올리지 못했을 아이디어가 그로부터 나오기 때문이다. 내가 쓴 대부분의 책이 기대한 만큼의 성적을 보이지 못했다는 점. 그렇다고 해서 글을 그만 쓸 수는 없었다는 점. 나는 어제 그랬던 것처럼 오늘도 답 없는 생각을 하고, 달성되지 않을 계획을 세우며 방구석에서 혼잣말을 끄적이는 사람이라는 점. 그런 사람이 경험하는 일상에 대한 이야기, 평범한 사람이라서 낼 수 있는 목소리가 분명 있다는 발견.

그래서 이렇게 또 한 권의 책을 쓰고 있다. 또 한번 이 책만큼은 잘됐으면 좋겠다는 꿈을 꾸면서. 얼마 전, 새로 쓴 책에 대한 반응이 좋지 않아 풀 죽어 있던 나에게 누군가가 해준 말이 떠오른다. "모든 게 배움 같아. 결국엔 티끌 하나 빼놓지 않고 배움이더라고." 들을 때는 좀 짜증났는데 지금은 알겠다. 그러네, 잘 안돼도 배우는 게 있네. 그 생각을 하면서 힘을 내 볼까.

돈 이야기를 먼저 합시다

프리랜서가 하는 대부분의 작업은 일명 '건 바이 건'으로 이루어진다. 일을 하나 하면 돈을 얼마 받는 식이다. 그런데 프리랜서가 일에 대해 이야기할 때 가장 많이 등장하는 단어가 '입금'인 이유는 뭘까. 분명 일을 했는데 돈을 못 받는, 말 안 되는 일들이 지금 이 시간에도 벌어지고 있기 때문이다.

인간이 일하는 이유는 먹고살기 위해서다. 자아실현은 그다음이다. 평소에 이런 생각 나만 하나? '가만히 있어도 누가 한 달에 얼마씩 주면 나, 일 안 한다.' 하지만 한 달 내내 허리 펼 새 없이 일해도 그 돈 벌기 쉽지 않다는 걸 잘 알고 있기에 하기 싫어도 꾹 참고, 더럽고 치사해도 티 안 내고, 인생 자체에 회의가 들더라도 얼른 털어 버리고 일에 집중하려 한다. 먹고살려고. 그랬는데, 그랬는데! 일을 다 했는데도 돈을 안 주는 사람들이 여전히 있다니요!

이미 제공한 노동력에 대해 약속한 돈을 받지 못하는 것에 대해서는 이야기가 너무 길어질 것 같아 나중에 책 한 권을 따로 써 보겠다.(농담) 그 전에 난감한 것이 또 하나 있다. 사실 입금과 관련한 문제는 여기서부터 시작된다. 바로 돈에 대해 직접적으로 거론하기 꺼리는 분위기다.

나 같은 에세이 작가가 의뢰받는 일은 크게 원고 청탁, 강연이나 글쓰기 수업 등 이벤트 제안, 출간 제안으로 나뉜다. 출간에 관련해서는 인세로 계약을 맺기 때문에 계약서의 세부 사항을 꼼꼼히 확인하고, 인세 입금일과 미지급 내역을 수시로 점검하는 것으로 어느 정도 대비가 가능하다.(하지만 그렇게 해도 못 받은 돈이 있고 그것 때문에 이제껏 경험해 온 여러 소동을 생각하면 현기증이 난다.)

하지만 원고 청탁과 강연 등의 이벤트 진행에 관련해서는 앞서 밝힌 대로 '건 바이 건' 방식이 적용된다. 원고를 쓰면 원고료를 받고, 강연을 하면 강연료를 받는 식이다. 그런데 이런 작업을 의뢰할 때 의뢰자들은 입금에 대한 정보를 마치 국가 기밀처럼 다루는 경향이 있다.(국정원인 줄 알았네.) 일의 내용과 마감일, 원하는 작업 방향은 자세히 설명하면서도 추후 지급될 돈의 액수와 입금 날짜는 먼저 알려 주지 않는 경우가 흔하다.

막 이 일을 시작했을 때는 돈 이야기를 먼저 꺼내는 게 껄끄러워서 일단 제안을 수락하고, 작업 결과물을 보내거나 행사에 참여하고 돈이 들어오기를 기다렸다. 그저 하염없이 기다렸다. 그때쯤 되면 내가 얼마를 받을 수 있을지를 알게 되었는데 알게만 될 뿐 기다려도 입금은 되지 않았다. 그러다가 기다려도 너무 많이 기다린 것 같아 쭈뼛쭈뼛 연락해 보면 들을 수 있는 말은 대부분 "곧 입금될 거예요. 조금만 기다려 주세요."였다.

또 다른 기다림이 시작되었다. 그러나 여전히 아무 소식이 없어서 다시 한번 연락하면 이번엔 이런 말을 들었다. "제가 담당자가 아니라서 결재를 올렸는데 시간이 걸리나 봐요. 확인하고 연락드리겠습니다." 전화를 끊고 또 기다려 보지만 연락은 오질 않고, 입금되었다는 소식도 없었다. 그렇게 나는 망부석이 되어 갔다.

방송 작가 일을 포함해 20년 가까이 반복해 온 이 과정을 더는 참을 수 없어서 이제는 일 의뢰에 회신할 때 바로 물어본다. '본격적인 작업을 하기 전에 원고료와 입금 날짜를 알려 주시면 좋겠습니다.' 하지만 물어보면서도 왜 이 이야기를 내가 먼저 꺼내야 하는지 이해가 가지 않는다.

일을 의뢰하는 쪽에서도 이 돈은 너무 짠 것 같다는 생각이 드는 경우일수록, 페이에 대해 말하지 않으려고 하는 경향이 강하다. 분명히 얼마를 줄 건지 물어보는 질문에도 액수를 이야기하기는커녕 "저희가 많이 못 드려서…….", "사정이 여의치 않아서…….", "소정의 원고료가 지급될 예정입니다."라고 말한다. 감상적인 TMI는 제쳐 두고 그래서 얼마를 줄 건지가 궁금한 것인데 그 대답 하나 듣기가 왜 그렇게 힘든 걸까. 어떻게든 인내심을 발휘해 액수를 듣고 나면 할 말이 사라진다. 아무리 생각해 봐도 재능 기부 그 이상도 이하도 아니기 때문이다.

그렇게 액수를 듣고 일을 거절하는 프리랜서는 결국 '돈만 밝히는 사람'이 된다. 애초에 페이를 정확히 밝히고 협의하는 과정을 거쳤다면 경험할 필요 없는 과정을 겪는 동안 자괴감에 휩싸인다. 프리랜서가 들어온 일을 거절하는 일이 얼마나 큰 모험인지 그들은 알고 있을까. 배가 불러서, 저 혼자 예술 하는 척하느라 주는 일도 거절한다고 생각하는 걸까. 똑같은 타박을 나 스스로도 하는데. '너 아직 덜 굶은 거냐? 평생 일 안 하고 싶어서 환장했냐?' 이러면서.

몇 년 전까지만 해도 들어오는 일을 거절하면 앞으로 다른 일도 들어오지 않을까 봐 마음에 들지 않는 일, 수입이 되지 않는 일도 다 수락했다. '하고 싶은 일만 하고 살 순 없잖아.', '이것도 다 경험이지.'라며 작업하다 보면 몸과 마음이 절로 축 처졌다. 그런데 그렇게 해서 보낸 결과물에 대해 입금조차 원활하게 이루어지지 않는 경우가 많았다.

그 과정이 반복되다 보니 직업에 대한 회의감이 쌓였고, 일에 써야 할 에너지를 걱정하고 불안해 하는 데 쓰게 되었다. 입금을 기다리고, 돈 이야기를 어떻게 꺼내야 할지, 하고 싶지 않은 일을 어떻게 거절해야 할지 고민하며 감정을 낭비했다.

이 모든 불필요한 감정 소비는 내가 나쁜 사람이 되었다는 실감에서 왔다. 때로는 먹고사는 일보다 그런 게 중요한 가치가 된다. 내가 좋은 사람인가 아닌가. 누군가에게 부탁하는 일도 어렵지만 거절하는 일에도 그만큼 힘이 든다.

하지만 더 이상은 그런 데다 에너지를 쓰지 않기로 했다. 납득할 만큼의 임금을 받고, 납득할 만큼의 결과물을 만들 것이다. 그리고 스스로의 선택에 대해 '난 나쁜 사람이야.'라며 자책할 시간에 한 글자라도 더 쓰고, 한 자라도 더 읽으며 나은 결과물을 만들기 위한 시간을 가지려 한다. 아무래도 그게 수지 타산이 맞는 일 같다.

얼마 전, 이메일을 통해 또 한 번의 강연 제안을 받았다. 역시 담당자는 강연의 성격, 일정, 시간 등에 대해서는 이야기하면서도 강연료만큼은 알려 주지 않았다. 답장을 썼다. "강연료가 명시된 메일을 다시 보내 주시면 확인 후 연락드리겠습니다." 잠시 후 답장이 왔고, 담당자는 돈 이야기를 먼저 하기 조심스럽다며 쭈뼛쭈뼛 액수를 알려 주었다. 그 메일에 답장을 썼다.

말씀해 주신 내용 잘 받아 보았습니다.

다만, 강의료를 먼저 말씀해 주시기 조심스럽다고 하셨는데 처음에 일을 의뢰하실 때 강의료를 먼저 알려 주시는 게 순서라고 생각했습니다.

그래야 불필요한 커뮤니케이션을 줄이고, 일을 수락할지 말지를 더욱 적극적으로 판단할 수 있으니까요.

일을 의뢰받은 사람이 페이를 다시 한번 여쭈어야 하는 상황이 자주 발생하기에, 저 역시 용기 내서 말씀드립니다.

부디 다른 작가님께는 미리 강의료를 알려 주셨으면 합니다.

이에 따라 작가님들이 뜻깊은 행사에 기쁜 마음으로 함께하실 수 있었으면 좋겠습니다.

그리고 기꺼이 강연 제안을 수락하겠다고 썼다. 사실 강연료 때문에 그 일을 거절하지는 않았을 것이다. 나는 성심성의껏 강연을 준비할 것이고, 그를 위해 당당히 강연료를 묻고, 지급받을 권리가 있을 뿐이다. 내가 아닌 다른 누군가가 그 일을 하게 되더라도 그 역시 그럴 권리가 있다.

그러므로 앞으로도 계속 돈 이야기를 할 것이다. '이런 이야기를 먼저 하는 내가 속물적이고 계산적으로 보이겠지.'라고 생각하는 대신 '왜 이 이야기를 제가 꺼내야 하나요?'라는 자세로 먼저 질문하고 요구할 것이다. 그런 결정과 행동이 나와 내 일에 대한 예의라는 것을 깨달았기 때문이다. 내가 나와 내 일에 대해 소극적인 자세를 취하면 남들 역시 그렇게 대한다.

껄끄러운 이야기일수록 빨리 꺼내 해결해야 한다고 믿는다. 그러니 우리 프리랜서들에게 일 주는 분들, 제발 돈 이야기를 제일 먼저 합시다. 일정이 맞는지, 작업 내용에 이견이 없는지만큼이나 중요한 게 작업료와 입금 날짜라고요. 막말로 돈이 맞으면 일정도 조정하고요, 힘든 작업이어도 꾹 참고 할 수 있다고요. 프리랜서들은 그만큼 악착같이 사는 사람들이라고요.

그리고 프리랜서 여러분들, 우리 다 같이 처음부터 끝까지 돈 이야기를 포기하지 맙시다. 특히 적은 돈을 주고 많은 일을 시키는 것을 예술이라 부르는 사람들을 멀리합시다. 우리의 재능은 기부하는 것이 아니라 기준이 되는 것이니까요. 노동에 대한 적절한 임금을 받을 권리와 자격이 되는 기준 말이죠.

언니, 그건 지난 책이잖아요

신간이 나와 인터뷰할 때면, 막 나온 책에 대한 질문에 이어 과거에 쓴 책에 대한 질문도 받는다. 가끔 나조차 기억이 가물가물한 책 속 문장이 인용되기도 한다. 예전 작품을 잊지 않고 짚어 주는 인터뷰어의 성의가 느껴져 감동하지만, 가끔 답변하기 난감할 때도 있다. 그때의 나와 지금의 나는 다르기 때문이다.

영화 「벌새」의 주인공인 중학생 은희는 어느 날, 한 학년 아래인 유리의 엑스 언니가 된다. 은희는 자신을 향해 직진하듯 애정을 표현하는 그의 모습에 처음에는 어리둥절해 하지만 점점 마음을 열고, 급기야는 유리에게 더 집착하게 된다. 하지만 한 학기가 지나고 학교에 간 은희를 유리는 본체만체하고, 영문을 몰라 속이 상한 은희는 우리 좋은 사이 아니었냐며 유리를 다그친다. 그 말에 유리는 대답한다.

"언니, 그건 지난 학기잖아요."

한없이 투명에 가깝게 서늘하던 유리의 그 표정에 기가 막히면서도, 과거 책에 대한 질문을 받을 때 나도 비슷한 말을 하고 싶었다는 생각을 했다. "그건 지난 책이잖아요."

생각과 마음을 적은 글이 책이라는 형태로 세상에 나오면, 그것은 한때의 생각과 마음이 아닌 영원불변한 확신으로 변한다. 물론 글을 쓸 때만큼은 확신에 차 있지만, 사람의 생각이라는 게 어찌 그 모습 그대로일 수 있을까. 어제 내가 다르고 오늘 내가 다르듯, 어제 내 글과 오늘 내 글은 다르다. 그렇다면 그렇게 확신에 차서 글 쓰고 책 내면 안 되는 거 아니냐는 말을 들은 적도 있는데…… 그렇긴 하죠. 틀린 말은 아니지만 맞는 말도 아니지요…….

독자는 작가의 변화에 배신감을 느끼는 존재다. 나 역시 좋아하는 작가들의 삶이 내가 응원하던 모습 그대로였으면 좋겠고, 세월이 지나도 비슷한 신념을 갖고 살아 주기를 바란다. 작가가 쓴 글이라는 틀에 그를 가두고 마는 것이다. 그래서 조금이라도 내 뜻과 다른 글을 읽을 때면 실망하고, '변했어…….'라며 허탈해한다. 독자인 나는 걸핏하면 요동치면서 작가는 그러면 안 된다고 생각한다. 실로 괴상한 믿음이다.

그런 생각을 하다 보니 예전에 쓴 내 책들은 금서가 됐다.

옛날 일기장을 들춰 보는 것 같아서 도저히 읽을 수가 없었다. 가끔 참고 삼아 펼쳐 봐야 할 때가 있는데 그럴 때마다 '무슨 이런 생각을 했대, 이 문장은 도대체 뭐야?' 하며 얼굴이 빨개 진다. 어떨 때는 지금과 조금도 달라지지 않은 생각을 발견하고 '역시…….'라며 고개를 끄덕일 때도 있다.

그러다 보면 퍼뜩 정신이 든다. 나는 완전무결한 사람인 가? 아니다. 내 글은 그런 글이어야 하는가? 그렇지 않다. 옛 날 책엔 과거의 내가 있고, 요즘 책엔 지금의 내가 있다. 그리 고 그 둘 다 나다. 그저 '그때의 나'로서 최선을 다해 글을 쓰 고 있는 것이다.

요즘은 과거의 나와 지금의 나를 대조하며 검열할 시간 에 한 자라도 더 쓴다. 그때 쓴 말이 그때 내 진심이었듯, 지금 은 지금 내 진심에 대해 쓰면 되니까. 누군가가 나의 과거 글 과 요즘 글을 비교하면서 변했다고 한다면 이렇게 말하고 싶 다. "그러게요. 그렇게 됐네요." 자신의 생각과 글에 책임감을 갖는 일은 솔직해지는 것으로부터 시작된다고 믿는다. 변하 기 전의 나도 나고, 변하고 난 다음의 나도 나다. 그걸 인정하 고 받아들이자.

이제는 과거를 되짚는 질문을 받을 때마다 '옛날에는 그 랬는데, 지금은 이렇다.'고 말해야겠다. 비슷하면 비슷하다고, 달라졌다면 달라졌다고 또박또박 이야기해야겠다. 앞으로 또 어떻게 변할지 모르겠다고도 말해야지. 그렇게 내가 쌓아 온 시간들을 부정하지도, 미화하지도 말아야지. 그러고 나면 내 옛날 책을 펼쳐 보는 일, 과거에 쓴 글에 대한 질문에 대답하는 일이 조금 수월해질지도 모른다.

따지고 보면, 내가 변했다는 사실을 제일 안타까워하는 사람은 나인 것 같다. 독자들의 반응이나 옛날 책에 대한 인터뷰는 다 핑계고, 변한 내 모습을 스스로 받아들이고 싶지 않은 것이다. 결국 나에게 완전무결함을 요구한 사람은 바로 나였다. 그래서 유리의 한마디가 그렇게 가슴을 파고들었나 보다. 과거의 자신에 대해 그렇게 당당하게 이야기할 수 있는 용기가 부러웠다. "언니, 그건 지난 학기잖아요." 이 말을 나도 나에게 하고 싶었다.

지금 내 이야기를 하면 된다

가끔 그런 생각을 한다. 평생 이렇게 살아서 좋은 글을 쓸 수 있을까? 하루하루를 되돌아봐도 늘 비슷하고, 앞으로를 상상해 봐도 지금과 별다를 게 없을 것 같다. 혼자 밥 먹고, 혼자 일하고, 혼자 놀고, 혼자 책 읽고 끄적이다 혼자 잠드는 삶. 결혼이라도 해야 하나?(어떻게?), 애를 낳는 건 어떨까?(그러니까 어떻게?), 저 멀리 긴 여행이라도 다녀와야 하나? 이민은 어떨까?(갑자기?) 등등 일상에 큰 변화를 가져다줄 무언가가 있지는 않을까 고민한 적이 많다.

에세이스트는 사소한 일상에 대해 쓰는 사람이라고 믿으면서도 마냥 사소하기만 한 일상은 곤란하다는 생각이 든다. 가끔 드라마틱한 사건도 일어나야 할 것 같고, 남다른 경험도 많이 해야 할 것 같아서 이리저리 눈을 돌려 보지만 역시나 특별한 일이라곤 벌어지지 않는다. 내가 특별한 사람이어야 특별한 일이 생기지. 그러다 보면 점점 '쓸 얘기가 없네' 모드가 되어 내 일상이 하찮은 만큼 내 글도 하찮게 느껴진다. 고민이 는다. 하찮은 글을 읽고 싶은 독자들은 없을 거 아냐. 큰일이네.

그러다 보면 나이에 대한 고민도 이어진다. 상대적으로 새로운 경험을 많이 하고 여러 자극에도 열려 있는 시기인 이 삼십 대까지만 해도 나를 둘러싼 대부분의 일들이 재미있고 신기했다. 무기력이나 공허함 따위는 내 삶에 해당되지 않는 거라 여겼다. 하지만 요즘은 대부분의 시간이 우울하거나 지루하다. 가슴 가득 즐거움을 느끼는 순간은 1년에 겨우 서너 번 꼽을 정도다.

맨 처음 책을 썼을 때부터 지금까지 내 책의 독자들은 대부분 이삼십 대 여성이다. 처음에는 나도 같은 나이였기 때문에 동세대로서 비슷한 고민에 대해 이야기하고 있다며 안심했다. 하지만 시간이 지나면서 그 세대 사람들과 세대 차이를 느끼게 되었고, 나라는 사람의 위치 역시 애매해졌다. 그들과 친구가 되기에는 감성이 다른 것 같고, 멘토가 되기에는 깜냥이 부족한 것 같아서, 어떤 이야기를 어떻게 건네야 할지 막연해질 때가 있다.

이럴 때 주변 사람들에게 고민을 털어놓으면 열이면 열

다른 조언을 한다. 그럴 때마다 세상이 얼마나 넓은지, 개인의 취향이란 얼마나 다양한지를 깨닫고 조용히 집으로 돌아온다. 각양각색의 조언을 듣기 전보다 복잡해진 머리로 이불을 덮고 잠을 청하지만 잠은 오지 않는다.

그럴 땐 에세이를 읽는다. 독자가 되어 다른 에세이스트들의 삶을 구경한다. 예술가들 대부분이 그렇듯이 에세이스트 역시 혼자 작업하고, 혼자 고민해야 한다. 그걸 알면서도 종종 다른 에세이스트들은 어떻게 사는지가 궁금하다. 다들 나처럼 이런 생각을 할까? 의문이 들지만 물어볼 데가 없다. 그래서 책으로나마 자체적으로 네트워킹을 한다.

얼마 전에 읽었던 책 한 권이 많은 도움이 됐다. 20여 년 동안 프리랜서로 일해 온 저자가 스스로의 삶을 통해 체득한 '대찬 프리랜서 살이'에 대해 속 시원히 말하듯 쓴 책이다. 연신 고개를 끄덕이는 마음으로 읽다가 머리를 댕 하고 울리는 대목을 발견했다.

40대의 창작자는 불안해질 때면 이런 생각을 한다. 내가 나이를 먹는 만큼 독자도 나이를 먹는다고, 그러니 나는 오늘의 내 이야기를 하면 된다고.

— 신예희, 『지속가능한 반백수 생활을 위하여』(21세기북스, 2019)

아아아. 여기에 밑줄밑줄밑줄! 그래, 결국 나는 내 이야기를 쓰는 사람이고, 특별한 일이 없어도 글을 써야 하는 사람인데 왜 저절로 먹어 가는 나이를 불안해하고, 좀처럼 생기지 않는 특별한 일을 마치 내 것인 양 기다려 왔을까. 나는 차곡차곡 나이를 먹어 가면서, 왜 독자들은 이삼십 대에 머물러 있을 것이라고 믿었던 걸까. 내가 마흔으로서 마흔의 이야기를 하면, 마흔의 독자들이 그 글을 읽을 것이다. 그래, 모두를 만족시키고 싶어 하는 건 욕심이지. 그냥 나는 여기서 내 이야기를 쓰면 되는 거겠지.

나에겐 글 쓰며 사는 삶에 대한 환상이 있는지도 모르겠다. 늘 신선하고 즐거움이 넘치는 삶, 늙지도 않고 좌절하지도 않는 맑고 바르기만 한 일상. 그런 글을 쓰고 싶고 그런 글을 읽게 해 주고 싶어서 나를 둘러싼 많은 것들을 부정하기에 바빴다. 내 일상이 빛을 잃었다고 느끼는 순간, 내 글도 매력을 잃을 거라며 불안해했다.

자신을 있는 그대로 받아들이기 어려워하는 사람은, 자신의 글 역시 받아들이기 힘들어 한다. 하지만 그런 생각으로 쓴 글은 나를 그대로 담지 못한다. 꾸미려 애쓰게 되고, 좀 더 있어 보이고 싶어 무리하게 된다. 결국은 내 멋도 네 멋도 아닌 글을 쓰게 되고, 그런 글은 다 쓰고 나서도 마음에 안 든다.

여전히 나는 어느새 40대가 된 스스로가 못 미더운가 보다. 이삼십 대로 산 날이 더 많아서 그런지 달라진 앞자리 숫자에 얼떨떨해 하는 것인지도 모르겠다. 그렇다면? 이것 역시 새로운 경험이 되겠구나. 뭐가 뭔지 몰라서, 아직 안 해 본 일이 더 많아서 그만큼 신기한 날들이 될 수도 있겠구나.

아하. 그러니 지금 내 이야기를 쓰면 되네. 답답한 마음에 펼친 책 한 권 덕분에 오랜만에 긍정적인 기운을 얻었다. 이래서 사람은 책을 읽어야 된다.

하기 싫은 일을 안 할 수 있는 것도 특권

얼마 전, 내향성에 대한 심리학 관련 기사를 읽으면서 내향인과 외향인을 가르는 커다란 기준 하나가 있다는 것을 알게 됐다. 외향적인 사람은 사람들을 만남으로써 에너지를 얻지만, 내향적인 사람들은 사람들을 만남으로써 에너지를 소진한다는 것. 즉, 외향적인 사람은 사람들과 함께 보내는 시간을 통해 힘을 얻고, 내향적인 사람은 혼자만의 시간을 보낼 때 더 큰 힘을 얻는다는 것이다.

이 부분을 읽고 역시 나는 내향적인 사람이라는 것을 실감했다. 내 SNS를 보고 사람들을 자주 만나고 이곳저곳 돌아다니는 걸 좋아하는 것 같다고 말하는 사람도 있지만, 그러고 난 다음 날은 종일 혼자 있는 시간을 가져야 한다. 그래야 그 다음에도 무리 없이 사회생활을 할 수 있다. 그래서 웬만하면 이틀 연속 외출하는 일정을 만들지 않는다.

평소 SNS에 이 말 저 말 떠들어 대기 때문인지 활발한 성격으로 아는 사람들도 있다. 그러나 SNS에 이 말 저 말 쓰고 있다는 사실만으로도 외향인이라 보기 어렵다. 사람을 대면해 교제하는 일보다 방구석에서 휴대폰을 들여다보며 주절거리는 게 더 편한 사람이라는 뜻이기 때문이다. 만나거나 통화하는 것보다 메일이나 메시지를 주고받는 데 더 익숙하고, 가족들도 자주 만나지 않는다. 연애할 때도 일주일에 하루 정도 만나는 게 딱 좋다. 상대방이 서운한 기분을 느끼는 건 다음 문제다. 나부터 살고 봐야지.

게다가 나는 사람을 만날 때마다 어느 정도 긴장한다. 아무리 가까운 사이여도 그렇다. 낯을 가리는 성격이라는 말을 하는 일에도 낯을 가려서 그냥 입을 다물고 '나는 이런 사람이다.'라고만 파악하고 있다. 헬스장에서 1대 1 피티를 받을 때도 내내 긴장해서, 운동을 하고 왔는데 어깨가 더 뭉쳐 있을 때도 있었다. 그 이후로 효과는 적더라도 가급적 운동은 혼자 한다.

이런 성격의 소유자라 북토크나 강연이 줄줄이 잡혀 있는 시즌에는 그야말로 엽떡에 들어 있는 중국당면처럼 흐물흐물해진다. 독자들을 만날 때마다 한두 시간 동안 계속 웃으면서 이야기하는데 웃지 않으면 입가가 떨리기 때문이다. 준비해 둔 이야기를 까먹거나 놓칠까 봐 말도 엄청 빨리 한다. 유난히 기력이 떨어진 날은 오직 나를 향한 사람들의 눈동자에 쓰러질 것 같을 때도 있다. 행사가 끝나고 책에 사인할 때는 혹시 자기한테만 짧게 써 주었다고 섭섭해 하는 사람이 있을까 봐 신경 쓰인다.

한번은 손을 다쳐서 도무지 사인을 못 할 것 같은 날 강연이 잡혀서, 행사 시작 전에 죄송하지만 오늘은 사인을 해 드리지 못하겠다고 미리 밝혔다. 하지만 먼 길을 오신 분들은 강연 후에 하나둘 조심스레 책을 내밀었고, 그 광경을 목격한 분들이 가려던 발길을 돌려 줄을 서기 시작해서, 순식간에 긴 행렬이 만들어졌다. 그 광경에 거절도 못 하고 삐뚤빼뚤 모든 책에 사인을 했고, 집으로 돌아와 퉁퉁 부은 손가락을 부여잡고 널브러졌다.

써 놓고 보니 내향인이라기보다는 사회성에 문제가 있는 사람인 것 같은데 정답이다. 잠깐만 생각해 봐도 이런 성격으로는 밖에서 사람들과 부대끼며 하는 일을 잘했을 리 없었겠다 싶다. 그래서 매일 어딘가로 출근하는 사람들이 대단해 보이고, 안 맞는 사람들과 맞춰 가며 일하는 사람들이 놀랍다. 얼마 전에 이런 이야기를 했더니 친언니가 그랬다. "야, 누군 맞아서 그러고 사는 줄 아냐. 다들 피할 수 있으면 피하고 싶어." 눈만 껌뻑거리는 내 앞에서 언니는 말을 이어 갔다. "너처

럼 피하고 싶은 걸 피하고 사는 것도 특권이야. 하기 싫은 걸
안 할 수 있는 것도 특권이라고."

뜨끔. 그동안 나는 이렇게 생겨 먹어서 사회생활을 못 하
고 혼자 집에서 일하며 사는 거라 믿어 왔는데. 이 삶도 내 선
택이었다는 것, 선택할 기회가 주어진 것 자체가 특권이라는
생각은 해 본 적이 없었다. 사람들이 "어떻게 매일 글을 쓰면
서 살아요?"라고 물을 때마다 "저는 따로 잘하는 게 없어요."
라고 대답하곤 했다. '그러니까 이거라도 해야지요.'라고 생
각해 왔는데, 그 말 자체가 오만이었을지도 모르겠다. 그 말을
들은 사람은 '누군 뭐 잘하는 게 따로 있나요?' 같은 생각을
하지 않았을까.

내향적인 성격답게 몇 년째 집에서 혼자 글 쓰며 살고 있
지만, 이러고 있을 수 있다는 것 자체가 특권이라는 걸 뒤늦게
깨달았다. 창피하게 여겨 왔던 내 성격 때문이 아니라, 주변을
감싸는 어떤 에너지로 이렇게 버티고 있다는 깨달음에 정신
이 혼미해졌다. 나는 내향적이어서 이러고 있는 게 아니라, 내
향적인 나를 받아들여 주는 누군가와 어딘가가 있기 때문인
거다.

본인 일에는 그러지 못하면서 나한테만큼은 늘 촌철살인
을 날리는 언니 덕에 또 한 번 알게 되었다. 오로지 나만의 의
지와 노력으로 이 일을 계속하고 있는 게 아니라는 것. 내 곁

에는 이 직업을 지속 가능케 하는 행운과 기회와 인연이 있었다는 것. 유난히 내성적인 마흔셋이 뒤늦게 깨달은 인생의 진리는, 나는 유난히 내성적이면서 복도 많은 마흔셋이라는 사실이다.

개나 소나 쓴다

서점에 갈 때마다 에세이 매대 앞에 가장 오래 머물게 된다. 어떤 신간이 나왔는지 확인하고, 여전히 잘 팔리는 책들은 무엇인지도 체크한다. 서서 책 읽는 사람들 손에 들린 책이 뭔지도 보고, 읽고 싶은 책이나 선물하고 싶은 책도 고른다.

작가가 어딘가에서 우연히 자기가 쓴 책을 읽는 사람을 목격하면 그 책은 대박이 난다는 출판계 전설이 있다. 우스갯소리 같은 그 말이 정말이었는지 몇 년 동안 내 책을 읽고 있는 사람을 한 번도 본 적이 없다. 그런 사람을 한 번이라도 실제로 보는 게 소원이었다.

그런데 몇 년 전 서점에 갔을 때, 누군가가 매대에 놓인 내 책을 가리키며 이렇게 말하는 걸 들었다. "이 책 재미있어. 나 이 작가가 쓴 책 정말 좋아해." 태어나서 처음으로 들은 그 말이 너무나 감격스러워서 남의 책에 얼굴을 파묻고 주먹을 먹으며 웃은 적이 있다. 멀어져 가는 그들의 뒷모습을 바라보면서 좋은 사람들은 뒷모습에도 빛이 난다는 것을 실감했다.

그 뒤로 여러 번 서점을 두리번거렸지만 비슷한 일은 벌어지지 않았다. 그러던 어느 날, 에세이 매대 앞에 서서 신간을 살펴보는데 사람들 대화 소리가 들려왔다. 친구로 보이는 두 사람 중 한 명이 다른 한 명에게 요새 인기 있다는 에세이 한 권을 권해 주고 있었다. 그러자 다른 한 명이 말했다. "됐어. 요샌 개나 소나 책 쓴다니까."

아, 상처 되는 말이다……. 그 개나 소나에 해당하는 사람으로서 움찔했지만 애써 태연한 척 꼴까닥 침만 삼켰다.

가끔 생각한다. 내 직업에 대한 긍지는 나 혼자 품어서 되는 게 아니라는 것을. 아무리 내가 에세이 쓰는 사람으로서 자부심을 가지고 있다 해도 다른 사람들이 인정해 주어야 그 자부심이 날개를 달 수 있다는 것을. 직업이라는 것은 타인들이 보이지 않는 이름표를 달아 줄 때에야 비로소 완성된다는 생각을 한다. 특히 다른 장르도 아닌 에세이를 쓰며 사는 사람으로서 그런 생각을 자주 한다.

몇 년 전부터 서점에서 에세이 코너가 가장 활기를 띤다. 잘 팔리는 책 목록에도 다양한 에세이들이 포진되어 있다. 누구보다 나는 그 흐름에 수혜를 입은 사람이다. 많은 독자들이 에세이를 찾고, 읽기에 내 책 역시 독자들에게 더 쉽게 다가갈 기회를 얻었다. 하지만 에세이 시장이 커지면 커질수록 에세이 하면 떠오르는 부정적인 이미지도 더 거세어지는 것 같다. 이를테면 '개나 소나 다 쓴다.' 같은 말. 내가 첫 책을 냈을 때부터 들려 오던 그 말은 여태껏 사라질 줄 모른다. 나 역시 그 말을 여러 차례 들었다.

에세이는 등단이라는 제도가 따로 없어서 누구나 책을 낼 수 있고 누구나 작가가 될 수 있는 장르다. 하루에도 수십 권의 에세이가 출판사나 독립 출판을 통해 출간되고 그중 어떤 책은 짧은 시간 내에 많은 사랑을 받는다. 어제까지 회사원이었던 사람이 인기 작가가 되기도 하고, 문학적인 재능을 골고루 인정받은 에세이가 정작 독자들에게는 읽히지 않는 경우도 있다. 좋은 책이지만 홍보가 되지 않아 묻히는 경우도 많고, 몇 년 전에 출간되었지만 빛을 못 보고 창고에 쌓여 있던 책이 마케팅을 통해 다시 팔리는 경우도 있다. 모두 에세이 아닌 장르에서도 벌어지는 일이거늘 유난히 에세이만 개나 소나 쓴다는 말을 자주 듣는 이유가 뭘까. 특히 에세이에 수준 미달의 작품이 많은 걸까. 만약 그렇다면 그 수준이라는 건 누가 정하는 걸까.

'개나 소나 책 쓴다.'라는 말이 품고 있는 모욕이나 조롱을 모를 리 없지만 그 말에 대해 '저는 개나 소가 아니거든요?'라고 말하고 싶은 생각도 없다. 어쩌면 에세이는 개나 소나 쓰는 책이라서 나 역시 쓸 수 있었고, 지금 이 시간에도 누군가가 쓰고 있을 것이기 때문이다.

시장이 커지기 위해서는 파이가 커져야 한다. 날이면 날마다 줄어드는 독서 인구를 붙들어 두고, 더 늘려 가기 위해서는 도서 시장 자체가 커져야 한다. 앞으로 소설도 시도 에세이도 지금보다 많이 나와야 하고, 지금보다 더 많은 책이 읽혀야 한다.

같은 이유로 나를 포함해 더 많은 개나 소가 글을 썼으면 좋겠다. 독자로서 더 다양한 에세이를 많이 읽고 싶다. 세상에는 이런 생각을 하는 사람도 있고 이런 목소리를 내는 사람도 있다는 것을 더 많은 책을 통해 알아 가고 싶다.

나는 에세이가 좋다. 에세이를 가장 많이 읽고, 가장 많이 구입하며, 가장 아끼는 책 중에도 에세이가 많다. 무엇보다 에세이를 쓰는 사람으로서 직업에 대한 만족도가 높다. 내 머릿속에서 일어나는 일들, 마음에 담아 둔 감정들, 하루하루 살면서 벌어진 뭐라고 이름 붙일 수 없는 일들을 글로 표현하는 일에 즐거움과 보람을 느낀다. 앞으로도 에세이를 통해 내 이야기를 더 하고 싶다.

에세이는 누구나 쓸 수 있고, 누구나 에세이스트가 될 수 있다. 그래서 나도 쓸 수 있었고 지금까지 계속 쓰면서 살고 있다. 개나 소나 쓸 수 있다는 것, 그래서 평등하다는 것, 그것이 에세이의 가장 큰 매력이다. 나는 평생 개나 소로 불리더라도 부지런히 에세이를 쓰고, 더 많이 읽을 것이다. 개나 소나 만세다. 에세이 만세다.

에세이는 사소함을
이야기하는 글

SNS는 재미로 한다

좋은 글을 쓰기 위해서는 가급적 사람을 덜 만나고 두문불출해 원고 작업에만 매진해야 한다는 미확인 비행 도시 전설을 종종 듣곤 하는데 나는 그런 사람이 못 된다. 의자에 엉덩이를 오래 붙이고 글쓰기에 전념하는 시간도 중요하지만 세상을 향해 나대는 시간도 그만큼 소중하다. "나는 여기서 이러고 있어요, 여러분 나 좀 보세요!"라고 말할 수 있는 창구가 필요하다.

그럴 때는 SNS가 요긴하다. 오늘 뭘 먹었는지 사진을 찍어 올리고, 어디서 뭘 하고 놀았는지, 어떤 생각을 했는지 쓴다. 그 과정을 통해 작가로서의 일상을 공유하고 독자와의 원활한 소통을 추구한다……는 것은 허울이고 그냥 나 재밌으라고 하는 것이다.

때로는 작가로서의 신비로움, 있어 보임, 지성 또는 동경할 만한 삶을 보여 주고 싶다는 욕구가 샘솟는다. 그래서 가끔은 어렵기만 할 뿐 재미없는 책도 읽어 보고(이 경우 표지만 사진을 찍어 올릴 뿐, 그 책이 어땠는지에 대해서는 입을 다문다.), 작품 세계가 이해 안 가는 전시에도 가 보고(전시에 대한 이야기는 최소한으로 하고 끝나고 무엇을 먹었는지를 더 자세히 소개한다.), 도무지 맛을 모르겠는 음식도 먹어 보지만(음식에 대한 이야기는 삼가고 '핫 플레이스에 다녀온 나'의 심경에 대해 중점적으로 포스팅한다.) 이 모든 것은 대부분 소화 불량으로 남는다. 결국 내가 하는 일은 그 소화 불량에 대해 쓰는 일이다. 나에게 전혀 없는 것들을 보여 주고 싶어질 때 몸과 마음 모두 더부룩해진다.

내가 영위하는 일상은 내가 쓰는 글에도 즉각적인 영향을 미친다. 없는 일을 지어내 쓸 수도 없고, 거짓말할 수도 없으며, 생각과 공상을 쓰는 것에도 한계가 있어 아무리 애써 봐도 일상과 맞닿아 있는 이야기만 쓰게 된다. 그래서 쉽게 느껴지기도 하지만 그래서 어려울 때도 있다. 답 없는 일상을 보낼 때는 답 없는 글만 쓰게 되는 것이다.

내 글이 납득 가기 위해서는 먼저 내 일상과 마음이 납득 가야 한다. 하지만 대부분 둘 다 납득 안 되는 경우가 많아서 난감하다. 그러던 어느 날 좋아하는 편집자를 만나 속마음을 털어놓게 됐다. "전 자꾸 개인적인 얘기만 늘어놓는 사람 같아요. 때로는 내 이야기가 아닌 다른 이야기도 할 수 있어야 할 텐데. 내 감정, 내 생각에 대해서만 쓰다 보니 그런 글이 얼마나 쓸모 있을지 회의가 들곤 해요." 가만히 듣던 그가 말했다.

"작가님은 사적인 이야기를 하는 사람이죠. 개인적인 이야기를 글로 쓰는 사람이고요. 만약 작가님이 그런 글을 쓰지 않았다면 제가 작가님 글을 좋아했을지, 잘 모르겠어요." 갑작스런 돌직구에 얼굴이 조금 빨개졌지만 어느새 마음속으로 주먹이 꾸욱 쥐어졌다.

당시에는 고민을 반복하고 있었다. '나는 개인적인 이야기를 좋아하는데. 그런 글을 읽는 것도 좋아하고 쓰는 것도 좋아하는데, 그런 건 나만 좋아하나? 다른 사람은 그런 이야기에 관심이 없나? 내 취향이 별로인 건가?' 같은 의문이 꼬리를 물었다. 되돌아보면 그때 나는 사는 게 재미가 없었다. 그렇게 사는 내가 못마땅했고, 그런 내가 쓰는 글도 별로였다.

하지만 누군가의 피드백을 통해 깨닫게 되는 나의 취향이 있다. 나는 그런 글 밖에 못 쓰는 사람이 아니라 그런 글이 좋아서 쓰는 사람이라는 것. 어쩌면 내가 쓰는 글은 즐거운 마음으로 하는 SNS 같은 게 아닐까 싶었다. 대단한 정보도 없고, 멋진 사진도 없고, 심금을 울리거나 가슴을 후벼 파는 글도 아닌, 그저 하루하루에 대해 조곤조곤 떠드는 게시물들. 결국 나는 그런 걸 좋아하는 사람이다. 평소 쓰는 글과 비슷하게 사는, 스몰 토크에 지치지 않는 사람이다.

그 중얼거림에 달린 하트와 댓글을 보면서 이 세상에는 나 혼자만 있는 게 아니라는 위안을 얻는다. 사실 그건 내가 글 쓸 때마다 느끼는 감정이 아닌가. '나는 혼자가 아니야, 우리는 연결되어 있어. 그러니 내 이야기 좀 들어 볼래요?'라고 누군가에게 말을 걸듯 글을 쓰니까.

SNS 역시 누군가에게 말 걸듯 한다. 저녁 메뉴를 사진 찍어 올릴 때는 '#전역신고', 그날 읽은 책을 소개할 때는 '#오늘밤책', 길게 넋두리하고 말았을 때는 '#오늘의일기'라고 태그도 단다. 그중에서도 가장 많은 '좋아요'를 받는 게시물은 놀랍게도(!) 나의 얼굴 사진이다. 멋지거나 아름다운 얼굴도 아닌데 SNS 친구들은 열심히 '좋아요'를 눌러 준다. 이게 사랑이 아니면 뭐죠.

가끔 이런 건 지나치게 사소한가 싶은 걸 올렸음에도 반응이 뜨거워 신기할 때가 있다. 편의점에서 나뚜르 아이스크림이 '2+1' 행사 중이라는 소식이라든가, 인터넷 장보기로 어떤 걸 샀는지 소개하는 사진이라든가, 아침에 빈 노트북 한글 창 사진을 찍어 올리고 '출근'이라고 쓰고, 저녁에 조금 채워진 한글창 사진을 찍어 올리고 '퇴근'이라고 쓴 포스트들. 거기에 달린 다정한 반응들에 그날 쌓인 피로가 스르르 자취를 감추기도 한다.

야심 차게 선보인 개그가 통하지 않거나 마음에 들어 올린 게시물에 얼음장 같은 반응이 돌아와 풀 죽을 때도 있다. 그럴 때는 결국 세상은 혼자라는 것, 나만 또 진심이었다는 것을 깨닫고 조용히 창을 닫는다. 그러다가도 서둘러 또 다른 게시물을 올리면서 "흑역사를 잊게 하는 것은 새로운 역사다!"라고 우긴다.

앞으로도 SNS를 통해 꾸준히 혼잣말을 할 거다. 속상하고, 짜증났던 하루에 대해 징징거리면서 여긴 멋진 이야기만 하는 공간이 아니라는 걸 보여 주고 싶다. 화장기 없는 얼굴에 매일 똑같은 옷만 입는 내 모습을 통해 꾸미지 않아도, 멋져 보이지 않아도 사는 데 지장 없다는 걸 보여 주고 싶다. 그러한 게시물들로 이런 사람이 여기 있다는 것을 알리고 싶고, 나와 비슷한 사람들과 공감하고 싶다.

그렇게 내 일상을 되돌아보고 좋으면 좋은 대로, 맘에 안 들면 맘에 안 드는 대로 무언가에 대해 끊임없이 이야기할 것이다. 내 안에서 퐁퐁 샘솟는 이야기들을 그저 꾹 삼키지는 않을 거다. 나는 그런 일을 하는 사람이니까. 또 그런 사람이니까. 그러니 여러분, '좋아요' 눌러 주세요. 저도 많이 누를게요.

잘난 척 좀 하자

"이모, 유명해?"

같이 길을 걷다가 아홉 살 인생, 둘째 조카가 물었다. 이럴 때는 그렇다고 말해야 하는지 아니라고 말해야 하는지 고민됐지만 어디 한번 세게 나가 보자 싶어 거짓말을 했다. "응, 유명하지."

"진짜?" 역시 전혀 못 믿는 눈치였다. 침착해지자.

"응. 이모는 인기 작가잖아." 말하고 나서도 나 진짜 왜 이러나 싶었지만 이왕 이렇게 된 거 그냥 밀고 나가기로 했다. 그런데 조카는 실망한 듯 시선을 돌린 채 중얼거렸다. "어떻게 그런 말을 해."

"왜? 사실을 말하는 건데."

"사실을 말하는 게 아니라 잘난 척을 하는 것 같은데? 그러면 사람들이 안 좋아해."

뭐야⋯⋯. 다시 물었다. "사람들이 안 좋아해?"

"응. 사람들이 기분 나쁠 수 있어."

그으래. 과연 이 이야기가 왜 시작되었으며 어떻게 마무리되어야 하는지 모르는 채로 대화는 종료되었다. 조카와 헤어지고 집에 오는 길에 내가 어떤 말을 어떻게 하는 게 좋았을까를 곱씹게 됐다. 곧 이런 결론이 났다. '뭐 어때! 사람들이 안 좋아하면 어때! 잘난 척 좀 하면 어때!' 그때 하면 좋았을 말을 못 하고 집으로 돌아와 손바닥으로 허벅지를 문질문질하는 일은 아홉 살 조카를 만나고 와서도 벌어진다.

"겸손해야 한다."

출간된 책에 대한 반응이 나쁘지 않다고 알려 드릴 때마다 엄마가 하시는 말씀이다. 딸의 들뜬 마음을 워워시켜 주고 싶은 마음이라는 건 알지만, 평소 나는 염세적인 성격이라 좋은 일에도 크게 들뜨는 법이 없는 사람이다. 그래서인지 반발심이 인다. 안 그래도 이제껏 겸손하게 살아왔는데 왜 자꾸 겸손해야 한다는 거지? 지난 삶을 되돌아보면 잘난 척조차 할 수 없었던 시기가 훨씬 더 긴데 왜 자꾸 가만히 있으라는 거야? 이제껏 계속 가만히만 있었거든요?

사람들이 잘난 척하는 사람을 싫어하는 이유로는 여러 가지가 있겠지만, 그중 하나는 '너 잘난 이야기 너나 재밌지.'

라고 생각하기 때문일 거다. 잘난 척하는 사람은 기분을 안 좋게 만든다. 생각 없어 보이고, 나르시시즘에 빠진 사람처럼 보인다. 그렇다고 '그렇다면 이번엔 내 잘난 척을 받아라!'라고 공격을 펼칠 뻔뻔함은 없기에, 그저 반응을 안 하거나 훈계하는 것으로 가벼운 우월감에 젖는 쪽을 택한다. '그래, 나는 저 정도는 아니야. 나는 저 사람보다 그릇이 큰 사람이야.' 이러면서.

하지만 실제로 그렇게 그릇이 큰 사람이라면, 그릇 작은 사람이 하는 잘난 척을 왜 너그럽게 들어 주지 못하는 걸까. 우리는 모두 비슷한 그릇을 가진 사람들이라는 얘기다. 우리의 그릇이라는 건 간장 종지와 소주잔 정도의 차이란 얘기다. 결론은, 모든 사람은 잘나고 싶어 한다는 것. 그래서 잘난 척도 하면서 살고 싶다는 것. 하지만 대놓고 그러는 것은 교양 없어 보이니 아무렇지 않게 잘난 척하는 사람을 볼 때마다 심사가 뒤틀리는 것이다.

이런 결론에 도달하니, 매사에 지나치게 겸손한 사람을 볼 때마다 마음이 복잡해졌다. 겸손한 척하는 것 같아서다. 잘난 척보다 더욱 오묘하고 복잡한 겸손한 척의 세계. 결코 멋져 보이지도, 대단해 보이지도 않는 그 세계……. 거기로 들어가는 문을 내가 먼저 탁 닫아 보면 어떨까.

그런 의미에서, 사람들이 잘난 척한다고 생각하든 말든

하고 싶은 말을 하기 시작했다. 네, 저는 열심히 일해요. 그리고 제 일을 좋아해요. 운동도 열심히 해요. 일상이 전반적으로 만족스러워요. 이렇게 말하기 시작하니 맞은편에서 먹구름 낀 얼굴을 하는 사람들도 있었지만 굴하지 않고 계속 말했다. 따지고 보면 그건 잘난 척이 아니라 사실이었으므로.

그러고 나니 사람들이 하는 잘난 척도 잘난 척처럼 들리지 않는 거다. '아, 이 사람은 사실을 말하고 있는 거구나, 이 이야기를 하는 건 자신이 자랑스러워서구나, 기쁜 마음을 공유하고 싶어서구나.'라고 여기게 됐다. 오히려 좋은 이야기를 실컷 꺼내 놓고 막판에 손사래 치며 겸손함을 선보이는 사람을 볼 때마다 어색한 느낌을 받았다. '기껏 이야기해 놓고 왜 그렇게 마무리해! 그냥 당당하게 얘기해, 괜찮아! 자랑할 거 있음 실컷 해!' 친한 사람들에게는 실제로 그렇게 말한다. 안 친한 사람 앞에서는 속으로만 생각한다. '아, 이 사람은 겸손한 사람으로 보이고 싶어 하는구나.'

잘난 척하고 싶은 마음과 겸손한 사람으로 보이고 싶은 마음은 전혀 다른 것 같지만 비슷하다. 결국은 자신의 성과나 성품을 통해 좋은 사람으로 보이고 싶은 마음이다. 무엇을 고를지는 각자의 선택에 달려 있다. 나로 말할 것 같으면 겸손한 척보다는 잘난 척을 고르겠다. 나 잘난 이야기도 많이 할 거고 남들이 하는 잘난 이야기에 나까지 잘나진 것 같은 기분도 실컷 맛보고 싶다.

그러니 여러분에게 지금보다 더욱 잘난 척을 많이 해 줄 것을 정식으로 요청하고 싶다. 나도 그럴 테니까. 그런데……얼마 없는 잘난 척은 이미 다 써먹어서 더 이상 할 게 없네? 그렇다면 앞으로 더 부지런히 만드는 수밖에. 갑자기 삶에 의욕이 생긴다.

퇴근 후에는 한강에 간다

겨울에서 봄으로 가는, 봄에서 여름으로 가는, 여름에서 가을로 가는, 가을에서 겨울로 가는 길목은 한강이 제철이다. 한여름과 한겨울만 빼면 한강은 대부분이 제철이라 할 수 있다. 이 시기가 되면 곳곳에 돗자리를 깔고 앉아 바람을 느끼는 사람들이 보이고, 자전거를 타고 달리는 사람들이 는다. 낮에는 해가 꼿꼿하게 내리쬐지만 일몰이 가까워지면 바람이 시원하다.

지금 사는 동네로 이사 온 지 1년 반이 넘어서야 집에서 한강 공원까지 걸어서 갈 수 있다는 걸 알게 됐다. 걸어서 10분이면 도착한다. 내년쯤 이사를 계획하고 있으니 이 시간을 즐길 수 있는 날도 얼마 남지 않았다는 생각에 일주일에 두세 번, 작업을 마친 저녁이나 주말 밤이면 운동화를 챙겨 신는다.

친구랑 갈 때도 있지만 혼자 가는 게 제일 좋다.

한강에 갈 때마다 생각한다. 서울살이의 가장 좋은 점은 여기에 있는 것 같다고. 탁 트인 시야에 공기의 질감이 다르고 계절의 흐름이 몸으로 느껴진다. 기구를 이용해 운동할 수도 있고 벤치에 앉아 맥주를 마실 수도 있다. 구석에서 꽁냥꽁냥대는 연인들을 구경하면서 사랑의 덧없음을 깨닫기도 하고, 숨을 몰아쉬며 달리기와 자전거 라이딩에 열심인 사람들의 모습에선 집 나간 열정도 분출되는 기분이다.

그렇지만 무엇보다 마음에 드는 것은 '한강에서의 나'다. 내내 뭉개고 앉아 있던 자리를 털고 일어나 밖으로 나온 나, 묵직한 다리를 움직여 가며 빨리 걷기를 시도하는 나, 짧은 거리를 달리면서도 곧 죽을 것처럼 숨을 몰아쉬는 나, 그러는 동안 점점 차분해지고 단순해지는 머릿속과 마음을 느끼는 나. 집에서 자아비판에 열중하다 툭하면 풀이 죽던 나와는 다른, 씩씩하고 당찬 내가 거기에 있다. 그날 하루 어떤 난폭한 마음을 품었든 달리기를 시작하고 나면 순한 사람이 된다.

글 쓰는 사람에게 필요한 덕목 중 하나는 적당량의 비관주의라고 생각한다. 삶이 밝고 맑고 행복하기만 하다면 굳이 머리 싸매고 글을 쓸 이유가 없다. 현실은 궁상맞고 나는 더 한심하고 무언가 해소되지 않는 응어리가 있는 사람일수록 글쓰기가 필요하다고 믿는다. 내가 그런 것처럼.

그래서인지 대부분의 시간 동안 모자란 것을 곱씹고, 새롭게 얻어야 할 게 이렇게 많다고 스스로를 닦달하고, 잘못한 일들을 되새김질한다. 하지만 그 억눌린 감정에 대해 쓰면서 조금 해사해진 마음을 얻는다. 털어 내고 충전하기. 잊을 수 없어도 잊으려는 노력들. 나에게 하는 말을 빈 종이에 쓰면서 하루를 보내는 것이다. 그런 하루의 마무리를 한강이 도와준다.

얼마 전 애인과 헤어지고 나서도 매일 한강에 갔다. 어제까지 같이 걷고 뛰던 길을 나 혼자 걸으면서 실컷 울었다. 각자가 자신만의 시간과 속도에 집중하는 곳이어서, 나 역시 그럴 수 있었다. 땀처럼 흘러내리는 눈물을 손등으로 닦다가 고개를 두리번거리니 얼마 전까지 시들어 있던 풀이 새순을 틔운 게 보였다. 무심코 지나치던 커다란 나무가 늘 있던 자리에 단단히 뿌리를 내린 채 나를 향하고 있었다. 어쩔 수 없이 찾아온 곳에서 어김없이 위로받았다.

아이디어를 모을 일이 있을 때나 생각을 정리할 때도 한강은 도움이 된다. 강을 따라 한참 걷다 보면 이제까지 한 적 없었던 새로운 생각이 떠오를 때도 있고, 그동안 제쳐 두었던 무언가가 불쑥 튀어나오기도 한다. 한 심리학자가 말했다. 생각은 걸으면서 하는 것이고, 공상은 앉아서 하는 것이라고. 몸을 움직이면 두뇌도 움직이고, 몸이 고정되면 생각도 고이기 마련이라고. 한강을 걸을 때마다 그 말에 동의하게 된다.

언제나 궁금했다. 글 쓰는 사람들의 글 쓰는 시간 이후의 일상은 어떤지. 다들 열심히 글만 쓰느라 일하지 않는 시간 따위는 없는지. 그들이 쓴 글과 책에는 반듯이 정돈된 이야기만 들어 있어서 더욱 궁금했다. 나 역시 종종 질문을 받는다. "글 쓰는 시간 이외의 시간에는 뭘 하시나요?" 매번 시답잖은 대답을 해 놓고 후회하지만 결국 독자들은 그런 게 제일 궁금하다는 걸 안다. 나도 그러니까.

"퇴근 후엔 뭘 하시나요?"

이다음에 질문을 받는다면 이렇게 대답할 것 같다. "요즘에는 한강에 빠져 있어요." 그리고 덧붙이고 싶다. "이다음에는 또 다른 걸 하고 있다고 이야기할 수 있었으면 좋겠어요." 우선은 한강이 제일 예쁜 요즘을 부지런히 즐기고 나서.

책상 잘 쓰는 법

요즘 눈여겨보는 책이 있다. 사계절 출판사에서 펴낸 '자신만만 생활책' 시리즈다. 책 소개 글에는 "생활하는 데 필요한 지식을 알려 주어 어린이들이 제 삶을 스스로 가꾸도록 돕습니다."라고 써 있다. 마치 어린이들을 위한 자기계발서 같지만 나 같은 어른도 자기 삶을 스스로 돕는다.

커다란 판형에 정성스레 담긴 일러스트와 다정한 글들을 읽고 있으면 삶에 대한 애정이 솟구친다. 지금까지 『가족, 사랑하는 법』, 『소녀와 소년, 멋진 사람이 되는 법』, 『옷, 잘 입는 법』, 『음식, 잘 먹는 법』 등 제목만 들어도 읽고 싶어지는 책들이 속속 출간되었는데, 모든 시리즈가 다 좋았지만 그중에서도 『책상, 잘 쓰는 법』(이고은 글, 그림)이 기억에 남았다. 왜냐하면 나는 책상을 잘 쓰지 못하는 사람이기 때문이다.

이 책에서는 책상에서 몰래 자는 법, 책상에서 노는 법을 비롯해 필기구 및 문구 사용법, 문구와의 만남과 헤어짐, 책 읽는 방법까지, 책상에서 벌어질 수 있는 다양한 일을 다루고 있다. 알록달록 아름다운 일러스트 덕분에 읽는 내내 남의 책상을 구경하는 것처럼 즐거웠고, 책상에서 벌일 수 있는 일들로는 또 뭐가 있을지 상상해 볼 수 있었다. 그리고 내 책상도 되돌아보게 되었는데…… 문제가 심각하네.

내 책상 위에는 프린터와 노트북이 떡하니 중심을 차지하고 있고, 그 주변으로 뚜껑을 잃어버린 휴지통, 쌓아 둔 이면지 무덤이 보인다. 그 외에 편지지, 포스트잇, 핸드크림, 읽다 만 책, 펼쳐 둔 수첩, 각 티슈, USB 선, 코스터, 스티커, 종이 프레임에 든 그림, 딱풀, 카드, 코르크 메모판 등이 너저분하게 놓여 있다. 치운다고 치워 봐도 똑같은 물건이 늘 그 위에 다시 놓이기 때문에 항상 비슷한 모양새로 어수선하다.

아무리 봐도 책상은 답이 없는 것 같다고 생각하며 무심코 뒤돌아보니 대체 어디서부터 어떻게 정리해야 할지 모를 책장이 떡억 버티고 있다. 생각할수록 괴로워져 황급히 작업방을 빠져나와 침대로 뛰어 들어가서 이불을 뒤집어쓰고 누웠다. 일단 안 보면 멀어질 수 있다.

며칠째 한 장씩 넘겨 보던 책을 통해 내 작업방은 대대적인 개편이 필요하다는 사실을 깨달았다. 그를 통해 다짐한 것

두 가지는 다음과 같다.

1 책장을 정리하자.
2 책상을 치우자.

더 급해 보이는 책장 먼저 정리하기로 했다. 도서관처럼
저자 이름순으로 정리하거나 시각적 효과를 고려해 색깔별,
크기별로 정리하는 것은 나와 맞지 않는 것 같아 소설, 시, 에
세이 등 장르별로 구분해 배치하였다. 손이 가장 금방 닿는 칸
에는 구입했으나 아직 손도 대지 못한 책, 그 아래 칸에는 현
재 쓰고 있는 책에 참고가 될 만한 책들을 집어넣었다. 이렇게
하면 앞으로 그 두 칸만 수시로 재편성하면 되겠지? 나머지는
가끔 먼지만 닦아 주면 되겠지? (그런데 안 닦겠지.)

이제 책상이 남았다. 일단 자기 전에 침대에서 읽던 책을
작업방으로 갖고 들어오는 일은 그만하기로 했다. 어차피 안
읽으니까. 그렇게 책상에 쌓아 둔 책부터 정리했고, 세워 두
는 서류 파일 하나를 마련해서 이면지 및 A4 용지를 몰아넣었
다. 작은 수납장을 하나 만들어 문구류를 칸칸이 정리해 책장
위로 옮겼다. 꼴 보기 싫은, 뚜껑 잃어버린 쓰레기통은 노트
북 뒤로 숨기고 자리를 차지하는 각 티슈는 발밑으로 던져 버
렸다.(안 보면 멀어진다 수법.) 종이 프레임에 든 그림은 거실로

옮겼지만 볼 때마다 위로를 주는 그림 카드는 포기할 수 없어서 최대한 코르크 메모판과 각을 맞춰 배치해 시선의 피로도를 낮췄다.

아오. 말이 쉽지, 이 모든 정리를 위해 주말 이틀이 소요되었다. 그리고 며칠째 내 방이지만 내 방 같지 않은 낯섦을 느끼며, 꾸역꾸역 작업에 임하고 있다. 일을 시작하려 자리에 앉으면 일단 몸과 마음이 경직되는 그런 거 뭔지 아시는 분. 금세 또 어지를까 봐. 하루만에 도로 예전의 책상과 책장으로 만들어 버릴까 봐 겁난다. 하지만 야심 찬 정리 정돈을 통해 나라는 사람은 조금 자신만만해졌다는 사실을 알리고 싶다.

책이 좋은 이유는 책 읽는 일 자체가 즐거워서이기도 하지만, 사소하지만 새로운 변화를 시도하게 도와주기 때문이기도 하다. 읽는 자로서가 아니라 행동하는 자로서의 움직임이 보다 더 적극적인 독서를 했다는 충만함도 전해 준다. '자신만만 생활책' 시리즈는 독자의 자신만만한 생활을 도와줬다는 면에서 출판 목적에 충실한, 성공작이다. 덕분에 깨끗한 책상과 책장까지 얻었으니 얼마나 알찬 독서인지. 그러니 여러분도 한번 읽어 보시고 어땠는지 말씀해 주세요.

체력이 재력

언제부터인가 사람들을 만날 때마다 가장 자주 화제에 오르는 것은 운동이다. 누군가는 생애 가장 큰 지출이었다는 1대 1 필라테스 회원권을 끊었다고 하고, 누군가는 얼마 전부터 피티를 받기 시작했다고 하며, 또 다른 누군가는 미루고 미루다 친구와 함께 동네 헬스장에 등록했다고 고백한다. 운동을 시작한 목적은 다들 비슷하다. 살려고. 나 역시 마찬가지다.

처음에는 몸매를 위해 운동했다. 하체를 지배하는 셀룰라이트를 없애고 한 사이즈 더 작은 옷을 입기 위해서 땀을 흘렸다. 끼니는 거르면서도 운동은 거르지 않았다. 스스로 몸을 관리하는 내 모습에 취해 있었다. 그렇게 하는 운동은 중독만큼이나 해로웠다.

그걸 깨닫고 나니, 누군가에게 보이기 위해 몸을 만드는 노력이 부질없이 느껴졌다. 내가 모델이야 배우야, 어? 대체 누구에게 뭘 어떻게 보여 주겠다는 것이냐! 하는 각성이 들면서 그동안의 안달복달 역시 모래성처럼 허물어졌다. 운동은 남을 위한 게 아니라 나를 위한 것이다! 그걸 깨닫고 나니 힘들게만 느껴졌던 운동이 더 힘들어졌다. 나를 위하는 일은 힘들다.

요즘은 일주일에 이틀 정도 헬스장에서 근력 운동을 하고 나머지 이틀은 한강에서 5~9킬로미터씩 달린다. 밖에 나가기 싫을 때는 홈트레이닝을 한다. 방바닥에 매트를 깔아 놓고 아령을 들었다 놨다 한다. 운동 전후로는 품롤러나 스트레칭으로 몸을 푼다. 시간이 많을 때는 지하철이나 버스를 타는 대신 약속 장소까지 걸어간다. 한 시간에서 한 시간 반 정도는 는 부담 없이 걷는다.

규칙적으로, 또 자발적으로 땀 흘리는 나를 보고 사람들은 '운동을 좋아하나 봐요.'라고 말하지만 그야말로 오해다. 세상에서 나만큼 운동을 싫어하는 사람은 아마 없을 것이다. 여전히 운동을 시작하기 직전까지 자신과의 싸움을 한다. "지겨워.", "하기 싫어."라고 스무 번 이상 중얼거리고 나서야 겨우 옷을 챙겨 입고 신발을 신을 수 있다. 안 그러면 오래 의자에 앉아서 하는 작업을 배겨 낼 수 없고, 몸 구석구석 통증이 계속되어 삶의 질이 뚝 떨어지기 때문이다.

매일 앉아서 컴퓨터 모니터와 독대하는 게 일이다 보니 거북목과 목 디스크, 척추 측만증, 틀어진 골반으로 수년 동안 고생했다. 아무리 유명하다는 병원에서 치료받아 봐도 그때뿐이었다. 병원 갈 때마다 줄기차게 들었던 말이 "척추를 둘러싼 근육이 없어서 그래요."였는데도 운동은 최대한 피하고 싶어 도수 치료와 물리 치료, 마사지만 받으러 다녔다. 딱딱한 침대에 누워서 으악 으악 몇 번 부르짖고 나면 한껏 개운해진 기분으로 돌아올 수 있었지만, 며칠 만에 몸은 원상태로 돌아갔다. 그러면서도 매번 운동할 여유가 없다고, 시간이 부족하다고 변명했다. 술 먹을 시간은 있었는데 운동할 시간은 없었다.

점점 심해지는 통증에 아침에 눈을 떠도 침대에서 몸을 일으키지 못하는 일을 몇 번 반복하고, 시도 때도 없이 팔다리가 저리고, 외국 여행을 떠났다가 목과 어깨 통증으로 비행기에 누워서 실려 오는 경험까지 하고 났더니 진심으로 살아야겠다는 생각이 들었다. 그래서 30대 중반부터 '억지로' 운동을 시작했고, 이제껏 '억지로' 계속해 오고 있다. 다행히 요즘은 운동하고 나서 느끼는 근육통 말고는 일상을 위협할 만한 통증을 느끼지 않는다. 최근 몇 년간 나를 이유 없이 괴롭혔던 손가락 통증도 서서히 나아 가고 있다.

음식도 가려 먹는다. 아침은 꼭 챙겨 먹고, 야식은 '가급

적' 자제한다. 매일 프로폴리스, 비타민 B, 비타민 D, 멀티 비타민, 철분제를 섭취하고 1년에 3개월은 눈에 좋은 생블루베리를 먹는다. 하루에 두 끼를 먹는데 한 끼는 샐러드로 대체하고 피자, 치킨, 햄버거 등은 1년에 손에 꼽을 정도로만 먹는다. 담배는 피우지 않는다.

1년에 한 번씩 종합 건강 검진을 받고, 자궁과 갑상선, 유방 검진은 병력이 있어 따로 검진을 받는다. 얼핏 철저해 보일지 몰라도 남들보다 술을 좋아하기 때문에 결과적으로는 플러스 마이너스 제로. 하지만 '안 하는 것보다는 낫겠지.'라는 생각으로 지키려 한다.

시간이 지날수록 모든 일의 기본은 체력이라는 사실을 깨닫는다. 기뻐하는 일에도, 분노하고 소리 지르는 일에도 체력이 든다. 심지어 아파서 병원 가는 일에도 마찬가지다. 사람을 만나 어울리는 일에도 체력은 필수다. 몸이 안 좋으면 노는 것도 힘들다.

체력이 떨어지면 기분도 다운되고, 의욕도 사라지고, 미래에 대한 불안감도 증폭된다. 이렇게 비실거리는 내가 행복할 리 없고, 이렇게 아픈 데가 많은 나에게 멋진 내일이 기다릴 리 없다고 비관적인 생각만 하게 된다. 그러고 있다 보면 점점 자신이 꼴 보기 싫어지는데 결국 나를 미워하는 일에도 체력이 든다는 걸 깨닫고 몸서리치게 된다.

글 쓰는 데 가장 필요한 것 역시 체력이다. 체력이 끈기고 곧 재능이다. 글 잘 쓰는 사람은 원래부터 정해져 있는 것이 아니라 오래 버티고 많이 쓰는 사람이 곧 잘 쓰는 사람이라는 사실을 해가 갈수록 실감한다. 글은 머리가 아닌 몸으로 쓰는 것이다.

그래서 작가들이 그렇게 운동을 하는 걸까. 가장 대표적인 인물로는 무라카미 하루키가 있는데 매일 정해진 시간에 글을 쓰고, 다 쓰고 나면 달린다는 그의 생활은 이미 많은 독자들이 알고 있어서 '달리기=하루키'라는 비공식적인 공식이 있을 정도다. 소설가 김연수 역시 매일 달리기를 하고 있다고 하고, 내가 사랑하는 소설가 가쿠타 미쓰요도 몇 년 전부터 마라톤에 빠져 오직 달리기 위해 해외 원정까지 떠난다고 한다. 작가들만의 체력 관리법을 접할 때마다 내 모습을 돌아보게 된다. '잘 쓰는 사람들도 이 정돈데 나는 더 열심히 해야 하지 않겠어?' 하고 주먹을 쥐지만 그렇게 쥔 주먹은 매번 금세 풀린다.

사실은 나에게도 작은 목표가 있다. 10킬로미터 마라톤을 완주하는 것이다. 그걸 목표로 매일 조금씩 거리를 늘려 가며 달리고 있다. 처음에는 10분만 뛰어도 심장이 우그러질 것 같았으나 언제인가부터 30분, 그다음에는 한 시간 달리는 것도 참을 만하다. 적어도 올해 안에는 가뿐한 몸과 마음으로 마라톤에 참가할 수 있기를. 무사히 완주하고 온몸을 관통하는 성취감을 느끼며, 스스로에게 차가운 생맥주 한 잔을 트로피로 선사할 수 있기를 바라 본다.

하루하루 비슷한 일상을 반복하다 보면 내 한 몸 챙기기가 제일 어렵다. 제시간에 일어나고 잠들기, 끼니 거르지 않기, 규칙적으로 운동하기. 그를 통해 깨치는 것은 스스로에게 지나치게 혹독해지지 않고, 지나치게 관대해지지도 않는 법이다. 자신을 꼭 좋아할 필요는 없더라도 미워하거나 괴롭히는 시간만큼은 줄이자. 그리고 그 모든 것을 잘 수행하기 위해 가장 필요한 것은 체력이라는 사실을 잊지 말자.

체력은 곧 재력이다. 돈을 모으는 일보다 중요한 건 건강을 저축하는 일이다. 더 건강해질 필요는 없으니 그저 조금만 덜 아파 다오. 이런 생각으로 내일도 운동하러 갈 거다. 길고 가늘게 일하기 위해서, 더 오래 놀기 위해서 비지땀을 쥐어짜볼 거다.

나 혼자 논다

티브이 프로그램 「나 혼자 산다」에서 유난히 집중해서 보게 되는 건, 출연자들의 일상에서 엿보이는 '그만의 필살기'다. 방송인 박나래는 술 마신 다음 날 토마토에 꿀을 넣어 갈아 마시는 걸로 숙취를 다스리고, 배우 손담비는 불 피운 벽난로를 가만히 쳐다보며 맥주 마시는 일로 긴 하루를 마무리했다.

그들의 하루를 따라가다 보면 모든 사람은 스스로와 노는 법 한두 개쯤은 갖고 있다는 사실을 깨닫게 된다. 분명 긴 시간과 여러 시행착오를 거쳐 발견했을 '나 다루는 법'. 나는 뭘 할 때 기분이 좋아지고, 어떤 걸 먹을 때 행복을 느끼는지, 누군가의 일상을 통해 내 모습을 돌아보게 되는 프로그램이다.

일상에서 가장 중요한 것은 나를 파악하고, 그런 나와 잘 지내는 일이다. 내가 어떤 것에 강한지를 알고, 어떤 것에 취약한지 이해하는 것만으로도 삶에 대한 면역력을 기를 수 있다. '이럴 땐 이렇게!' 하고 나를 다루는 방법을 알면 수시로 넘어지고 무너지는 자신을 일으킬 수 있다. 혼자만의 시간을 잘 보내는 사람이 결국은 인생 전체를 잘 살 수 있다고 믿는다.

'미 타임(Me time)'이라는 말을 좋아한다. '나와의 시간', '혼자만의 휴식 시간'을 뜻하는 이 말은, 듣기만 해도 마음이 사라락 풀린다. 그 단어를 떠올릴 때마다 내가 혼자 있을 때 뭐 하고 노는 사람인지 곱씹게 되는데, 잠깐 생각해 보는 것만으로도 하도 지루해서 만약 「나 혼자 산다」에 나간다면 통편집될 것 같다. 혼자 있을 때는 티브이를 보거나 책을 읽고, 차를 마시거나 화분에 물을 준다. 나의 미 타임은 그렇게 은퇴한 노인의 얼굴을 하고 있다.

그런 나도 가끔 급하게 기운을 끌어올리고 싶을 때가 있다. 작업하기 위해 컴퓨터 앞에 막 앉았을 때나 설거지 하나를 하더라도 신나게 하고 싶을 때, 곧이어 시작할 달리기에서 아드레날린을 폭발시키고 싶을 때, 늦잠을 실컷 자고 눈떴지만 무거운 몸이 도저히 일으켜지지 않을 때 등등. 그럴 때는 바로 윌 스미스가 등장할 타임이다.

윌 스미스로 말할 것 같으면 인간 자양강장제 같은 존재다. 노래는 물론 연기, 말하는 걸 보면 늘 에너지가 넘치고, 지치는 법이 없어서 '저 사람은 몸 안에 건전지가 들어가는 사람인가? 집에 에너지를 충전하는 기계라도 들여놓았나.' 싶다. 그래서 누군가의 '나는 슬플 때 춤을 춰.'처럼 '나는 우울할 때 윌 스미스를 봐.'다.

그의 히트곡 「Gettin' Jiggy Wit It」은 나의 인생 곡이기도 한데, 들을 때마다 기분이 들뜬다. 지금까지 살면서 얼마나 많이 반복 재생을 했는지 모를 정도지만 결코 질리는 법이 없어서 기분이 조금 처졌을 때 들으면 바로 기운을 끌어올릴 수 있다.

영상이 필요한 순간에는 유튜브 검색창에 그의 이름을 쳐서 그가 출연한 토크쇼나 공연하는 모습을 찾아본다. 그러고 나면 몇 분 지나지 않아 이불을 털고 일어나 온 집 안 창문을 활짝 열고 어깨춤을 추면서 하루를 시작할 힘을 얻을 수 있다. 윌 스미스가 있어서 내 일상의 순간순간이 활기를 띤다. 윌 스미스, 땡큐.

나만의 필살기로 또 뭐가 있을까. 5분쯤 고민해 봤는데도 딱히 생각이 안 나네. 마음 상하는 일이 있을 때는 한강을 달리면서 '나는 지금 한강이 아니고, 런던 하이드 파크에 있다!' 라고 억지 상상을 하는 일? 이유 없이 기분이 다운될 때는 비치 보이스의 「Kokomo」를 틀어 놓고 샤워하면서 '여기는 우리 집 욕실이 아니고 여행지 숙소다!'라고 우기는 것? 잠들기 전,

포근한 기분에 사로잡히고 싶은 밤에는 강아지 유튜브를 두 시간 동안 보는 것? (써 놓고 나니 굉장히 한심하네.) 대체로 꽉 막히고 금욕적으로 사는 인간인지라 혼자 놀 때 남다른 무언가를 하는 법 없이 그 빈 시간을 어떻게 하면 생산적인 일들로 채울 수 있을까를 고민한다. 눈곱만큼도 매력 없는 스타일이랄까.

가끔은 하도 할 게 없어서 일할 때도 있다. 뭘 하긴 해야겠는데 뭘 해야 할지 모를 때, 주위를 둘러보면 거기엔 꼭 일이 있다. 그래서 한번 해 보았는데 해 보니 당황스럽게도 점점 빠져들었다. 워낙 심심해서 일조차 재미있게 느껴진 건지, 아니면 그냥 일 중독자여서 그런 건지 알 수 없지만 어느 정도 하다 보면 '난 대체 뭐 하는 인간인가.' 하고 자기 성찰을 하게 된다. 지루함 대신 얻는 자괴감……. 여러분은 저처럼 살지 마세요.

과거에는 이런 나를 어여삐 여기지 못하고 한심해했다면 이제는 그러려니 한다. 그렇게 하품 나오고 별거 없는 일상 속에서 편안함을 느끼는 인간이 나니까. 그렇게 축 처진 일들을 반복하며 가끔 윌 스미스로 기분을 끌어올릴 뿐이지만 뭐 어때.

어렸을 때만 해도 눈이 번쩍 떠질 만큼 대단한 일이 생길 때가 아니면 행복을 느끼지 못할 거라 생각했다. 이제는 하루를 살면서 한두 번만 웃을 일이 있어도 행복한 인생 같다. 가끔 꺼내 볼 수 있는 웃긴 추억이 있는 것만으로 사람은 하루를 더 살 수 있다.

월 스미스 말고도 나의 일상에 가느다란 기쁨을 주는 것들은 뭐가 있을지 더 찾아봐야지. 인생은 길고, 나랑 놀아야 하는 시간 역시 기니까. 앞으로도 나는 나랑 제일 친하게 지내고 싶다.

하고 싶지만 안 하고 있는 일들

번역가 노지양의 에세이 『먹고사는 게 전부가 아닌 날도 있어서』(북라이프, 2018)는 그동안 책을 쓰고 싶다고 말만 했을 뿐, 쓰지 않고 살아온 자신에 대한 반성으로 시작한다. 그는 생업이 있어서, 돌볼 아이가 있어서, 그 외에 주어진 많은 일을 하느라 책을 쓰겠다는 마음보다 더 크고 긴 변명들로 책 쓰는 시간을 연기해 왔다고 고백한다.

그의 글에 공감하면서, 나 역시 하고 싶다고 말할 뿐 안 하고 있는 일들이 얼마나 많은지 떠올려 보게 됐다. 아무도 물어본 적 없는데도 해 보고 싶은 일에 대해 이야기하고, 그걸 안 하는 이유를 밝히는 데 많은 시간을 써 왔다. 그동안 하고 싶었지만 안 한 일들의 리스트는 다음과 같다.

1 수영 배우기

2 미국(영어), 대만(중국어)으로 어학 연수 가기

3 자동차로 이탈리아 일주하기

4 팟캐스트 하기

5 좋아하는 작가의 작품 개인 소장용으로 번역해 보기

6 1대 1 필라테스 레슨 받기

7 실외 아이스 스케이트 타러 가기 (영화 「매기스 플랜」처럼!)

8 춤 배우기

9 복싱 배우기

하고 싶은 게 있어도 하지 않는 이유는 제각기 다르겠지만 내가 그러는 이유는 '무서워서'다. 평소 겁이 무척 많은 편이어서 친구들 사이에서 '쫄보'로 통하고, 세상에 존재하는 대부분의 것들을 무서워하는 데 많은 시간과 감정을 쓰면서 산다.

지금보다 어렸을 때는 그런 자신을 좀 변화시켜 보고자 일부러 여행도 많이 가고, 다양한 체험을 해 보며 담력을 키우려 했지만 거의 도움이 되지 않았다. 나는 그저 남들보다 쉽게 불안을 느끼고 걱정이 많은 사람이라는 사실만 재확인할 뿐이었다. 지금은 그냥 쫄보인 상태를 인정하고 그에 맞게 살아가려고 하는데, 그러고 나니 하고 싶어도 하지 않는 일 리스트만 점점 길어졌다.

"취미가 뭐예요?"

얼마 전, 지인을 만나 대화를 나누던 중 그가 질문했다. 그런데 아무리 생각해도 내 취미가 뭔지 생각이 안 났다. '책 읽는 것과 영화 보는 걸 좋아하지만 그건 나 말고도 사람들이 즐겨 하는 행위잖아. 아니면 외국어 배우기? 그건 취미라기보다는 공부잖아. 하면서 스트레스 받을 때도 많고 말야.'

자고로 취미란 하기만 해도 즐거운, 시간 가는 줄 모르고 몰두할 수 있는 것이라 굳게 믿었기에 나한테 그런 게 있는지 생각해 보니 없다는 결론이 났다. "없네요. 저는 취미가 없네요."

그 말을 입 밖으로 꺼내고 나니 가슴속으로 차가운 바람이 불었다. 난 취미가 없었구나. 그래서 일상이 그렇게 빛바래 보였던 걸까. 그날은 밤에 자려고 누워도 계속 생각이 났다. 나는 취미가 없었어, 취미가 없는 사람이었어…….

며칠 뒤, 친구들을 만나 취미가 없다고 고백하니 그들이 말했다. "그런데 외국어 배우기가 왜 취미가 아니에요? 어렵고 스트레스 받는다고 취미가 아니에요? 취미라고 해서 다 재미있기만 한 건 아니잖아요? 어떤 날은 하기 싫고, 어떤 날은 지루하고, 또 어떤 날은 재미있기도 한 게 취미 아닐까요?"

그 말에 또 한 번 자기 성찰을 하게 됐다. 나는 자고로 취미란 재미있기만 해야 한다는 환상을 갖고 있었던 것인가. 시작하기 전부터 설레고, 생각만 해도 흥분되고, 하는 동안 행복만 느껴야 취미인 거라고 멋대로 정해 둔 건가. 그렇게 자기 성찰을 이어 가다 보니 나의 숨겨진 취미는 자기 성찰이었나 싶어 소름이 돋았다.

취미가 없다는 것을 깨달았다고 한밤중 트위터에 쓴 걸 보고 며칠 뒤, 친구 ㅅ이 산악회라도 만들자는 제안을 해 왔다. 그 말에 용기를 얻어 우리는 한 달에 한 번 만나는 취미탐험대를 조직하기로 했다. 하지만 이름은 역시 산악회. 취미를 일종의 산이라 여기고, 그 산을 한번 넘어 보자며 정작 활동보다 뒤풀이에 중점을 두는 만남을 해 보기로 한 것이다. 하루는 시청 앞으로 스케이트를 타러 가고, 하루는 등산을 하고, 또 하루는 수영도 배워 보면서 '몸 쓰는 취미 생활'을 해 보기로 했다.

한참 들떠서 카톡으로 수다를 떨고는 "조만간 만나는 거다!" 파이팅을 했지만 대화를 마무리하자마자 두려움이 엄습했다. 수영에 스케이트라니 무서울 것 같아……. 분명 나의 버킷리스트에 있는 것들이었는데 상상하는 것만으로도 떨렸다. 아니, 가만있어 봐. 그렇다면 나의 진정한 취미는 매사에 겁내는 일인가 싶어 다시금 소름이 돋았다.

그러는 사이에 나에게 취미가 없는 이유는 겁이 많기 때문이라는 걸 깨닫고 말았다. 뭘 하나 시작하면 잘해야 할 것 같아서, 그런데 잘 못할까 봐, 중간에 포기할까 봐, 넘어지고 겁내면서 결국은 정떨어질까 봐 무서운 거였다. 그러니까 아예 시작도 못 하고, 하고 싶지만 안 하는 일들 리스트만 늘어 가고. 하하. 나는 왜 이리 꽉 막힌 인간이지? 대체 어떻게 생겨 먹은 거지?

하지만! 어쩌겠어! 그런 인간이 또 난데! 취미에 관해서라면 아무것도 그려지지 않은 하얀 도화지 같은 인간이 난데! 그러니 그 안에 뭐든 그려 보자고 다짐하게 됐다. 친구와 함께 각종 취미를 탐험하며, 재미있어도 재미없어도 취미는 취미라는 사실을 깨달으며 하고 싶지만 안 하고 있었던 일 리스트를 조금씩 줄여 봐야지. 못하더라도 자책하지 말아야지, 금세 지겨워졌다고 실망하지 말아야지. 이렇게 쓰고 나니 진정한 나의 취미는 다짐하기였다는 사실을 발견하며 다시금 소름이 돋……

그러다 얼마 전, 어슐러 K. 르 귄의 에세이 『남겨둘 시간이 없답니다』(황금가지, 2019)를 읽다가 재미난 대목을 만났다. 책에는 작가의 출신 학교 동창회에서 보낸 설문지에 대한 이야기가 나오는데, 그중 '여가 시간에 무엇을 합니까?'라는 질문을 두고 작가는 의문을 제기했다. 그리고 이런 식으로 말했다. '남는 시간의 반대말은 아마 바쁜 시간일 텐데 내 시간은 전부 할 일로 바쁘기 때문에 나에게는 남는 시간이 없다.'

그에게는 일하는 시간도 잠자는 시간도, 고양이를 돌보는 시간이나 밥 먹고 치우는 일도 다 할 일을 하는 시간일 뿐, 그 무엇도 여가 시간이 아니라는 것이었다.

아하. 바로 이거다! 나도 그처럼 내가 하는 모든 일을 해야 하는 일이라고 생각할 뿐, 여가 시간에 하는 일이라 여기지 않았던 것이다. 여가 시간이 없으니, 여가 활동이 없는 것이다. 안 그런가! 나는 화분에 분무기로 물 뿌리는 것도, 마켓컬리에 포토 후기를 남기는 것도, 외국어를 공부하는 것도 다 해야 할 일이라고 생각한다. 남는 시간에 하는 일이 아닌 것이다!

그런 의미에서 새로 꾸려질 산악회 활동 역시 꼭 해야 할 일에 들어가게 될 것 같다. 꽉 막힌 나는 분명 그 활동 역시 매우 열심히 하겠지? 그러거나 말거나 어떻게든 새로운 취미를 발견해 여가 활동이 아닌, 일상의 일부로 만들어 봐야지.

여전히 겁나지만 시작해 보겠다. 무엇보다 나 말고도 회원이 한 명 더 있어서 용기 낼 수 있을 것 같다. 자매님, 영원히 탈퇴하기 없기다. 들어오는 건 자유지만 나가는 건 그렇지 않을 거거든.

요즘의 금언

꽤 오래전에 아침 티브이 프로그램에서 탤런트 김애경 씨의 집이 소개된 걸 본 적이 있다. 집 인테리어가 어땠고, 어떤 느낌의 가구가 놓여 있었는지는 기억나지 않지만, 집 안 구석구석 붙어 있던 메모들은 아직도 잊히지 않는다. 그는 자신에게 들려주는 말을 종이에 적어서 거울이나 화장대, 냉장고에 붙여 두었는데, 그걸 수시로 들여다보고 마음을 다잡는다며 쑥스러워했다. 메모는 이런 식이었다.

- 울지 마, 뭘 잘했다고 울어.
- 꽃처럼 아름다운 생각만 하기.
- 힘든 때일수록 좋은 생각만 해, 이년아.

직설적인 그 메모에 참 독특한 사람 같아 웃고 말았지만, 시간이 지날수록 그의 성실함을 곱씹게 됐다. 방송을 통해 비춰진 활달한 모습에 노년을 앞두고도 여유롭게 지낼 줄로만 알았는데, 달성하고 싶은 삶의 방식을 위해 금언을 만들고, 실천하기 위해 노력하고 있다니. 꼬깃꼬깃한 종이에 손으로 꾹꾹 눌러 쓴 메모를 보면서 그가 보내 온 세월을 어렴풋이 짐작할 수 있었다.

친구 집에 놀러 갔을 때도 그런 메모를 발견하곤 한다. 어떤 친구는 포스트잇에 '너는 특별한 사람'이라고 써서 화장대에 붙여 놓았고, 또 다른 친구는 'Love yourself'라고 새겨진 메모판을 책상 위에 올려 두었다. 그걸 볼 때마다 '요즘 이 친구의 머릿속에는 이런 생각이 들어 있구나, 마음이 이렇구나…….' 짐작하게 됐다. 그의 주변에 있는 메모는 그라는 사람과 그리 다르지 않았다.

R. J. 팔라시오의 소설 『원더』(책콩, 2017)에도 금언에 대한 이야기가 나온다. 주인공 어기의 학교에는 매달 학생들에게 금언을 만들어 실천할 것을 권하는 브라운 선생님이 있다. 그는 자신만의 금언을 정해 학생들에게 소개하고, 학생들 스스로 금언이 생각날 때면 자신에게 엽서를 보내 달라고 제안한다.

이 책을 조카와 함께 읽었을 때도 어떤 금언이 제일 와닿

았는지 이야기했다. 나는 브라운 선생님이 쓴 "만약 옳음과 친절 가운데 하나를 선택해야 한다면, 친절을 택하라."가 공감 갔다고 말했고, 조카는 주인공 어기가 만든 "누구나 살면서 적어도 한 번은 기립 박수를 받아야 한다."가 제일 마음에 든다고 했다. 조카도 어기처럼 누군가에게 기립 박수를 받고 싶었던 걸까? 이모라도 괜찮다면, 좀 쳐 줄까?

가끔 나도 스스로 금언을 정해 책상 앞에 써 둔다. 이 글을 쓰는 지금 책상 앞 메모판에는 "안전하다는 느낌이 들 때까지 시간을 갖자."라고 써 있다. 몇 달 전, 가까운 사람들과 여러 번 부딪치고, 화내고, 그러느라 자꾸 서운하다는 마음이 들어 써 둔 메모다.

그때는 내 상태가 안정적이지 않다고 느꼈기에, 혼자만의 시간을 갖기로 했다. 마음이 불안정하면 안전하다는 느낌이 들지 않는다. 모든 게 위협적으로 다가오고, 나 자신 역시 위험하게 느껴진다. 시야도 부쩍 좁아진다. 거센 파도 같은 마음속이 잠잠해지려면 나부터 잠잠해질 시간이 필요하다고 생각했다.

메모는 작업방의 노트북 바로 뒤에 붙어 있어서 하루에도 몇 번씩 저절로 시선이 갔다. 그럴 때마다 지금 보내는 이 시간이 죽은 시간은 아니라며 안도할 수 있었다. '나는 도망치는 게 아니라 시간을 갖는 중이야. 새로운 것을 생각할 시간,

무언가를 바로잡을 시간. 이 시간은 내 마음을 위해 꼭 필요한 시간이야.'라고 믿었다.

그 마음가짐은 생각보다 많은 힘을 전해 주었다. 내가 나에게 규칙적으로 해 주는 말은 어떤 방식으로든 스스로에게 영향을 미친다. 다른 사람이 해 주는 말보다 더 묵직하고 강하게 마음을 움직인다.

우리는 살면서 수많은 사람을 만나 셀 수 없을 만큼의 대화를 하지만, 정작 자신과는 어떤 대화를 하면서 살고 있을까. 나는 스스로에게 관대한 말을 하는 사람일까, 아니면 늘 조언이나 충고만 늘어놓는 사람일까.

언젠가 심리 상담을 받을 때 선생님이 이렇게 질문하셨다. "김신회 씨는 누군가에게 서운했다는 이야기를 하고 나서 꼭 '그 사람도 사정이 있었겠죠.'라고 덧붙이네요. 그런 말을 하는 이유가 있을까요?"

한 번도 생각해 본 적 없는 일이었지만, 잠시 고민한 다음 대답했다. "그 사람을 이해하려고 하는 것 같아요. 안 그러면 제가 나쁜 사람 같으니까요." 그 말에 선생님은 말씀하셨다. "그럼 김신회 씨는요? 김신회 씨 감정은 누가 이해해 주나요? 김신회 씨에게 그런 사람이 있나요?" 갑자기 말문이 막혀 겨우 대답했다. "없어요……."

그 말을 입 밖으로 꺼내고 나니 눈가가 시큰해졌다. 한참을 아무 말도 못 하고 눈물만 뚝뚝 떨어뜨리는 나에게 선생님은 티슈를 건넸다. 그리고 잠시 기다렸다 말씀하셨다.

"우리는 자기를 대하는 모습 그대로 남을 대합니다. 자기 자신에게 충고와 비판만 하는 사람은 스스로에게도 모진 사람이에요. 자신에게 너그러운 사람이 남에게도 너그러울 수 있어요. 자기를 이해해 주지 못하는 사람은 남도 이해하지 못하지요. 김신회 씨가 직접 자신에게 그런 사람이 되어 보는 건 어떨까요? 김신회 씨를 제일 잘 이해해 주는 사람이요."

상담을 마치고 집으로 돌아오는 길, 그동안 내가 나에게 들려준 말들은 무엇이었는지 곱씹게 됐다. 그러고 보니 꽤 오랜 시간 동안 책상 앞 메모에는 '……해야 한다'라고 쓰여 있었던 것 같다. 새로운 목표를 정하고, 그걸 달성하는 일상만이 가치 있다는 생각에 나를 닦달하는 말들만 써 뒀다.

그게 아니면 '……하지 말자'라고 쓰여 있었다. 화내지 말자, 짜증 내지 말자, 후회하지 말자 등 내가 해 온 대부분의 선택과 행동에 대해 '그러지 말지 그랬어.'라고 말하는 내가 있었다. 나에게 그런 말을 해 온 것처럼 남들에게도 비슷한 말을 해 왔다.

그랬던 메모가 어느새 조금 바뀌어 있다는 걸 깨닫고 나니 마음이 스윽 누그러진다. 이제 나는 스스로에게 시간을 가져도 된다고 허락하고 있는 걸까. 어느새 나는 나를 기다려 줄 수 있는 사람이 된 걸까.

오늘은 몇 달째 붙어 있던 메모를 떼었다. 새로운 금언을 써 보고 싶어서. 곰곰이 생각하다 이렇게 적었다. "아닌 건 아니라고 말하자." 마치 마음에 새긴 타투처럼 당분간 이 말을 쳐다보고 되새기고 기억하며 지내 볼 거다. 그러는 동안 내 진심을 내가 먼저 헤아릴 수 있게 된다면 좋겠다. 더 나아가 내 목소리 내는 일을 두려워하지 않게 된다면 좋겠다.

결정 느림보 탈피하기

오늘은 일하는 내내 중국 음식이 먹고 싶었다. 중화풍 한국 음식의 대표 메뉴인 짜장면과 짬뽕이 먹고 싶었다. 작업이 끝나면 바로 실행할 수 있는 즐거움이 있을 때와 그렇지 않을 때, 작업의 진척 속도는 달라진다. 곧이어 만날 짜장면과 짬뽕을 떠올리다 보니 빛의 속도로 일을 시작할 수 있었고, 예상 시간보다 한 시간 더 일찍 작업을 마쳤다.

그런데 그때까지도 짬뽕과 짜장면 중 뭘 먹어야 할지 결정하지 못했다. 빨간 국물이 먹고 싶기도 하고, 기름진 면이 먹고 싶기도 했다. 짜장면은 짬뽕이 있을 때 더 맛있어지고, 짬뽕은 짜장면이랑 같이 먹을 때 더 매력적인데. 잠깐 고민하다 주문 전화를 걸었다. "짜장면 하나랑 짬뽕 하나요."

인간은 선택의 기로에 놓일 때 가장 농축된 에너지를 쓰게 된다. 이 일을 한다고 할까 안 한다고 할까, 이걸 먹을까 저걸 먹을까, 이걸 살까 저걸 살까. 이러한 고민 한가운데 있을 때마다 온 에너지를 사용한다. 하나를 선택하고 나면 나머지 하나가 아쉽고, 이걸 선택하면 저걸 포기해야 할 때 느껴지는 안타까움은 심리를 불안정하게 만든다. 선택한다는 행위는 생존 본능과도 직결되는 문제이기 때문이다.

만약 잘못된 선택을 한다면 그 선택이 이후의 삶에 영향을 미칠 것이라는 사실을 인간은 본능적으로 안다. 다만, 무의식적으로 느끼기에 자각하지 못할 뿐이다. 선택을 앞둔 상황에서 우리는 자기도 모르게 스트레스를 받고, 그만큼의 에너지를 소비한다. 둘 중 하나를 선택하는 일은 생각처럼 '행복한 고민'이 아니다.

그래서 선택의 기로에 놓일 때마다 나는 그냥 둘 다 갖는다. 짜장면도 먹고 싶고 짬뽕도 먹고 싶으면 둘 다 먹으면 된다. 반반씩 먹겠다고 짬짜면을 시키는 건 있을 수 없는 일이다. 비록 내 위가 작아서 먹다가 남기게 되더라도 짜장면 한 그릇, 짬뽕 한 그릇을 정확하게 시킨다. 그러면서 생각한다. '이게 죽고 사는 문제야? 그냥 짜장면이랑 짬뽕이잖아. 그러니까 이런 일에 용쓰지 말고 둘 다 먹어.'라고.

며칠 전에는 티셔츠를 한 벌 사려고 인터넷 쇼핑몰에 들어갔는데 같은 디자인에 색깔만 다른 두 벌 중 뭘 고를지 고민이 됐다. 하나는 연한 초록색. 하나는 연한 파란색. 연한 초록색은 생기 있어 보였고, 연한 파란색은 차분해 보이고, '같은 옷 다른 느낌'이 있었다. 뭘 사야 하나 잠깐 고민하다가 그냥 둘 다 샀다. '세상에는 이거 말고도 생각할 거리들이 많잖아. 근데 이건 그냥 티셔츠잖아. 죽고 사는 문제 아니잖아.'

나는 평소 내일 아침으로는 밥을 먹을까 빵을 먹을까를 결정하는 일로 잠을 설치는 사람이다. 짬뽕과 짜장면, 연한 초록색과 연한 파란색 티셔츠를 둘러싼 고민 같은 걸 하루에도 수십 번씩 반복하는 쪼잔한 인간이다.

그렇게 고민한 뒤 하나를 선택한다고 해서 나머지 하나를 깨끗이 단념하는 깔끔한 성격도 못 된다. 어떤 결정을 해도 포기한 것이 아쉽고, 내 손에 쥔 무언가가 성에 안 차는 지지부진한 사람에게는 망설임의 기회를 아예 안 주는 것도 도움이 된다. 숙고도 다 현명한 결정을 위한 것인데 애초에 현명한 결정 따위 못 하는 사람도 있는 것이다.

어렸을 때부터 중간이 없다는 말을 많이 들었다. 대학생이 되고 나서부터는 늦잠 자서 지각할 것 같으면 아예 학교에 안 갔다. 아끼는 물건을 잃어버리고도 찾기 어려울 것 같으면 찾는 일 자체를 포기했다. 두 물건 중 하나를 고르지 못하겠으면 둘 다 안 샀다. 누구보다 쿨하지 못한 나를 잘 알고 있어서, 선택의 기로에 설 때마다 둘 다 안 하는 쪽을 골랐다.

그런데 자꾸 그렇게 살다 보니 손에 쥔 게 하나도 없네? 나는 그저 자꾸 학교를 빠지고, 잃어버린 물건을 포기하고, 얻고 싶은 걸 얻지 못하는 사람이 되어 있었다. 선택의 기로가 있다는 건 이후에 적어도 하나는 가질 수 있다는 뜻인데 나는 둘 다 갖지 못했다. 고민은 고민대로 해 놓고 결국 아무것도 쥐지 못한 지난 세월이 칙칙폭폭 열차 달리듯 스쳐 지나가면서 이제는 그러지 말자 싶었다. 이제는 선택의 기로에 설 때마다 둘 다를 선택한다. 결국 중간이 없는 인간인 거다.

하지만 이런 습관이 도움될 때도 있다. 내 선택에 대해 후회하는 일이 줄어들었고 어중간한 자책도 하지 않게 됐다. 스스로의 취향도 파악하게 되었고 불필요한 고민(이게 이렇게 고민할 가치가 있는 일인가?)과 소비(이게 이렇게까지 고민해서 사야 하는 물건인가?) 역시 줄일 수 있었다. 그리고 남은 에너지로 다른 일들에 집중하게 되었다.

삶 자체가 선택의 연속이라지만, 그 말은 선택하지 않는 일의 연속이라는 뜻이기도 하다. 하나를 얻으면 하나를 포기해야 하는 식의 선택이 의미 없어지는 순간도 있다. 둘 다 좋으면 둘 다 가져도 되고, 둘 다 별로면 둘 다 취하지 않아도 된다.

오늘도 선택의 기로에 설 때마다 생각한다. 이건 겨우 밥이야. 겨우 커피야. 그러고 나면 둘 중 하나가 아닌 전혀 다른 선택지가 있다는 것을 알게 된다. 둘 다 갖거나 아예 안 갖거

나. 그건 분명 하나를 선택하고 하나를 포기하는 것과는 또 다른 상쾌함을 준다. 중간이 없는 일상은 때때로 한없이 단순하고 명료하다.

꿈인데 뭐 어때

이런저런 트위터 계정을 구독하다 보면 이제껏 생각조차 해 본 적 없는 일에 대해 고민하게 되고, 세상은 얼마나 다양한 사람들로 구성되어 있는지도 깨닫게 된다. 요즘은 페미니즘에 대해 이야기하는 계정을 여럿 구독하고 있는데, 언제인가부터 거기엔 유난히 '야망'이라는 단어가 자주 등장한다. 그리고 이런 이야기도. "여자들이여, 허무맹랑한 꿈을 꾸자."

그러한 트윗에 달린 수많은 리트윗 숫자와 하트 숫자를 보며 얼마나 많은 사람이 이 말에 용기를 얻었는지 실감한다. 그 문장을 마음에 새기기 위해 나 역시 하트를 꾸욱 누른다.

"꿈은 꾸는 게 아냐, 이루는 거지."

전설의 디바 아무로 나미에는 그의 최전성기 때 이렇게 노래했다. 그러니 기회를 잡으라고, 착한 아이는 겨우 착한 아이밖에 될 수 없다고 말했다.

　그의 노래에 힘을 얻었던 20대 때는 그 가사처럼 '꾸는 게 아닌 이룰 수 있는' 현실적인 꿈만을 꿨다. '방송 작가가 되자, 정기적인 급료를 받는 일을 하자, 결혼 자금은 스스로 모으자.' 같은 것들. 따지고 보면 그건 꿈이 아닌 계획이었다. 꿈꾸는 일은 모호하고 흐릿한 반면 계획을 세우는 일은 분명하고 현실적이니까, 구체적인 계획을 세워 차근차근 달성해 가면 납득할 만한 삶을 살 수 있을 거라고 생각했다.

　그런데 시간이 지난 지금, 사람들은 꿈에 대해 다른 이야기를 한다. 그 이야기를 들으면서 나 역시 다시 생각할 기회를 얻었다. 꿈이라는 말을 입에 올리는 일이 어쩐지 멋쩍은 나이가 되고 나서야 새로운 꿈을 꾸게 된 거다. 문득 용기백배하여 상상을 자꾸 이어 가다 보면 점점 호기로워진다. 왜? 지금은 말 안 되는 것 같아도 그게 현실이 되지 말라는 법은 없잖아?

　몇 년 전 『보노보노처럼 살다니 다행이야』(놀, 2017)를 출간한 후 독자와의 만남을 갖기로 했다. 책이 나온 지 한 달이 채 되지 않았음에도 내 이야기를 듣기 위해 생각보다 많은 독자들이 참가 신청을 했다는 사실에 얼떨떨했다. 그 전까지 북토크나 독자와의 만남 같은 건 자주 해 본 적이 없었기에 며칠 전부터 긴장했다. 자료를 모으고, 할 말을 정리하고, 어떤 옷을 입을지에 대해서도 고민했다. 그리고 당일, 자리를 가득 채운 사람들 앞에서 첫마디를 떼는 동안 머릿속에는 이런 말이 떠다녔다. '지금 꿈꾸고 있는 것 같아. 이거 다 거짓말 같아.'

잔뜩 긴장한 채로 준비한 이야기를 다 마치고, 질문을 받는 시간에 한 독자분이 이런 말을 했다. "작가님이 이번 기회에 보노보노 원작자를 만났으면 좋겠고요, 이 책도 일본에 수출되었으면 좋겠어요." 그 말을 듣고 나와 편집자는 쿡쿡 웃었다. 속으로 이런 생각을 하면서. '무척 감사하지만 진짜 꿈 같은 이야기네요. 그게 가능할까요?'

몇 개월 후, 실제로 만화 『보노보노』 원작자인 이가라시 미키오 작가를 만나서 대담을 나눴고, 그의 책을 한국어로 번역하는 기회도 얻었다. 또 몇 개월 뒤 내 책은 일본에 번역 출간되었다. 비현실적인 예언 같던 독자분의 격려가 현실이 되었다는 것이 아직까지도 믿기지 않는다. 이 글을 보고 계신다면, 그 독자분에게 저 대신 꿈꿔 주셔서 감사하다고 말하고 싶다.

그 이후로 꿈은 허무맹랑할수록 좋다고, 뜬구름잡는 이야기 같을수록 의미 있다고 생각하게 됐다. 그리고 앞으로는 계획 세우는 일과 꿈꾸는 일을 혼동하지 않겠다고 다짐했다. 계획하는 것은 To Do 리스트를 작성하는 일이고, 꿈꾸는 일은 이제껏 겪어 보지 못한 장면에 내가 들어가 있는 모습을 상상하는 일이니까. 자질구레한 계획이라면 지금도 충분히 많이 세우고 있으니, 이제는 맹목적인 상상을 통해 더 적극적으로 꿈꾸고 싶다.

그런 의미에서 나의 거대한 꿈은 뭘지 생각해 봤다. 맨 처음 떠오른 것은 한두 개 정도였는데 본격적으로 생각하다 보니 새벽까지 잠을 설쳤네? 무언가를 사고 싶다거나 돈을 모으는 일 같은 건 제외했음에도 나는 꿈이 무척 많은 사람이었다.

1 서울국제도서전에서 일본인 작가와의 만남 진행하기. (통역 없이.)

2 가쿠타 미쓰요, 요시모토 바나나 작가와 1대 1로 대담하기. (통역 없이.)

3 대만 청핀수뎬에 대만어로 번역된 내 책이 진열되는 것. 그리고 그곳에서 현지 독자들과 북토크하기. (통역 요망.)

4 테드에서 강연하기. (영어로.)

5 엘런 쇼에 출연하기. (통역 없이!)

으하하하! 실로 엄청난 꿈이로구먼! 내 꿈의 포인트는 '통역 없이'로구먼! 쓰다 보니 나조차 한심한 꿈을 꾸고 있다며 비참해지……기는커녕 점점 입꼬리가 올라가며 행복해진다!

이런 게 꿈의 본질적인 기능 아닐까. 1분 만에 사람을 들뜨게 만드는 것. 무턱대고 희망에 가득 차게 하는 것. 공짜인

데다가, 내 꿈 내가 꾸겠다는데 뭐라고 할 사람이 없다는 것!

그래서 최대한 현실이 되지 않을 것 같은 꿈만 꾸기 시작했고, 이루어지지 않을 걸 알면서도 머릿속으로는 이미지 트레이닝을 한다. 그 모든 걸 현실화하기 위해 영어 공부도 꾸준히 한다. 그러는 동안 가슴속에서는 이글이글 불꽃이 인다. 혹시, 어쩌면, 운 좋으면…… 이런 말들도 둥둥 떠다닌다.

꿈은 꾸는 게 아니라 이루는 것이라는 말을 이제는 믿지 않는다. 꿈은 크게 꿔야 언젠가 이룰 수도 있는 것이라 믿는다. 그런 의미에서 앞으로도 가급적 얼토당토 않은 꿈만 꿀 것이다. 실현되지 않더라도 결코 슬프지 않을, 하지만 언젠가는 꼭 이뤄지길 소망하는 원대한 포부를 끌어안고 살 것이다.

그러니까 기다려요, 엘런. 제가 언젠가 만나러 갈지도 모른다구요.

가장 빛나는 글감은

사람

넌 작가가 될 거야

세상에는 두 부류의 사람이 있다. 학창 시절을 떠올리면서 다시 한번 그때로 돌아가고 싶다고 생각하는 사람, 반대로 절대 돌아가고 싶지 않다고 생각하는 사람. 나는 후자다. 학창 시절만 생각하면 한숨부터 난다. 더는 학교를 다니지 않아도 된다는 사실만으로도 삶의 질이 대폭 상승했다.

학교생활을 시작함과 동시에 이 세상에는 계급이 존재한다는 사실을 깨치게 된다. 계급의 제일 꼭대기부터 차례대로 공부 잘하는 아이, 외모가 출중한 아이, 운동을 잘하는 아이가 있다. 그리고 가장 아래에 나 같은 아이가 있다. 공부도 별로, 운동도 별로, 빛나는 외모를 가지지도 않았고 별다른 특기라곤 없는 아이가 있다. 학년과 학교가 바뀌어도 나는, 거기 있든 없든 티 안 나는 이른바 '무명씨'였다.

하지만 그 시기에는 누군가의 인정과 칭찬에 목말라 있기 마련이라 그만큼 외로웠다. 관심받고 싶지만 관심받을 이유가 하나도 없는 아이에게 학교는 편안한 곳이 못 됐다. 친구 사귀는 일도 쉽지 않았다. 친구들 역시 매력 있는 아이를 친구로 두고 싶어 했으니까. 심지어 매력이라고는 없는 나조차 나 같은 애 말고, 매력 있는 아이를 친구로 두고 싶었다.

학교는 재미없고 공부도 하기 싫었지만 결석은 하면 큰일 나는 거라고 배웠기 때문에 그저 학교를 왔다 갔다 하면서 1년이 지나가기를, 이 시절이 얼른 끝나기만을 바랐다. 나는 단지 공부를 못했을 뿐, 비행이라고는 꿈도 못 꾸는 일명 '생활 범생'이었기에 그저 출석만 열심히 했다. 그러던 초등학교 6학년 어느 날.

담임 선생님이 작문 숙제를 내 주셨다. 으레 있는 숙제니까 그냥 해야 한다고 생각하고 해 갔고, 며칠 뒤 선생님은 숙제를 검사한 후 코멘트를 달아서 학생들에게 하나하나 나눠 주셨다. 아이들에게 "잘했어.", "수고했어."라며 짧게 칭찬하시기도 했고 과제를 책상 위에 가만히 올려 두시기도 했다. 그 담담한 태도가 마치 선생님이 건네는 성적표 같았다. 그런데 잠시 후 내 앞에 선 선생님이 내가 제출한 숙제를 내밀면서 말씀하셨다. "넌 작가가 될 거야."

이게 무슨 말인가 싶어 천천히 고개를 들어 선생님을 쳐다봤다. 선생님은 다시 한번 힘주어 말씀하셨다. "너는 글을 쓰게 될 거야. 너는 작가가 될 거야." 그 말에 한참을 어리둥절해 있으니 주변 아이들이 하나씩 놀리는 말을 던지기 시작했다. 에이, 무슨 작가예요! 초등학교 6학년이 글 쓴 거 가지고요? 야, 좋겠다? 쟤 좀 봐, 얼굴 빨개졌어! 다들 최선을 다해 빈정거렸다. 이제껏 주목받은 적이라고는 없던 나는 그 자리에서 고개를 푹 숙이고 오로지 벌게진 얼굴을 가라앉히기 위해 애썼다.

그날 집으로 오는 길, 내가 그렇게까지 발랄하게 걸을 수 있다는 걸 처음 알았다. 발걸음이 자꾸 튀어 오르며 어깨까지 위아래로 둥실댔다. 선생님의 말씀을 곱씹고 또 곱씹었다. '내가 작가가 된다고? 내가 글을 쓸 줄 아는 건가?' 엄마한테 자랑도 했던 것 같다. 그날의 격한 감동을 잊어버리고 싶지 않아서 밤에는 일기도 썼다. '선생님이 나보고 작가가 될 거라고 했다. 거짓말인 것 같은데 기분이 좋다. 나는 정말 작가가 될 수 있을까?'

그날 이후 작가가 되겠다는 꿈 하나만 바라보고 매일 밥도 안 먹고 잠도 안 자고 꼬박꼬박 글을 썼다……면 참 좋았겠지만 전혀 아니었고, 선생님 말씀은 일기장 한구석에만 남은 채 나는 어느새 중학생이 되고, 고등학생이 됐다. 다만 글 쓸 기회가 생길 때마다 이상하게 두렵지가 않았다. '나는 글을 잘

쓰는 사람'이라는 자각은 없었지만 적어도 글쓰기가 부담스
럽지는 않았다.

시간이 지나면 지날수록 '나는 왜 이 모양이지? 왜 이렇
게 잘하는 게 하나도 없지?'라는 생각을 더 자주 하게 되었는
데, 그럴 때마다 선생님의 말이 메아리가 되어 울렸다. 그래서
기분이 가라앉을 때마다 일기를 쓰고, 편지를 썼다. 지금은 뭘
적었는지 기억도 안 나는 글도 많이 끄적였다. 글쓰기만큼은
기꺼운 마음으로 할 수 있었다.

학창 시절을 통틀어 빛나는 추억이라고는 거의 없지만,
선생님에게 칭찬을 들었던 그 순간만큼은 여전히 내 인생 빛
나는 순간 상위권에 랭크되어 있다. 할 줄 아는 게 아무것도
없는 줄 알았던 열세 살 아이에게 너도 잘하는 게 하나는 있다
고, 끝까지 그걸 하면서 살게 될 거라고 굳게 예언하셨던 선생
님의 한마디가 가슴 한편에 훈장을 달아 주었기 때문이다. 내
가 만들어 낸 무언가에 그렇게 확신에 찬 피드백을 들려 준 사
람은 그분이 처음이었다. 여전히 내가 하는 일에 의심이 들 때
마다 그 말을 떠올린다.

살아온 날이 쌓여 갈수록 사람을 키우는 것은 양육자만
이 아니라는 걸 실감한다. 나를 둘러싼 모든 것이 나를 이만큼
키운 것이다. 누군가의 눈빛이, 마음이, 응원 또는 꾸지람이
나를 여기까지 끌고 왔다는 걸 조금씩 알아 간다. 그래서 나

역시 누군가에게 그런 사람이 되고 싶다는 생각을 자주 한다. 칭찬이 필요한 순간을 놓치지 않고 정확하게 칭찬하고, 지지가 필요한 사람에게 먼저 손 내밀고 싶다. 무엇보다 내가 쓰는 글이 그런 역할을 할 수 있다면 더 바랄 게 없겠다.

정순영 선생님, 선생님의 말씀처럼 저는 이렇게 작가가 되어 글 쓰며 살고 있습니다. 뭘 좋아하는지도 몰랐고, 나 자신을 좋아하는 법도 몰랐던 아이가 제 일을 사랑하고, 저를 아끼는 법을 깨치며 살고 있습니다. 그래서 고맙습니다.

서점에서 가장 낡은 책을 사는 사람

편집자와 대형 서점에 갔다. 함께 작업한 책이 매대에 잘 놓여 있는지 확인하러 와 본 거다. 서점에 갈 때마다 느낀다. 세상에는 책이 참 많구나. 이번 주에도 이렇게나 많은 신간이 나왔구나. 다행히 우리 책은 대여섯 권 겹쳐진 채로 에세이 신간 코너에 반듯이 놓여 있었다. 잘 버티고 있구나.

내가 쓴 책이 서점 매대 위에 놓인 걸 볼 때마다 묘한 기분이 든다. 여섯 살 아이의 재롱 잔치를 기다리는 부모의 심정이랄까. 마음속으로 굳게 응원하게 된다. '당당하게! 잘하고!' 너무 구석에 있는 건 아닌지, 얼굴에 뭐 묻은 건 없는지, 옷이 돌아가지는 않았는지도 살피게 된다. 하지만 격한 감정은 갖지 않는다. 책에 대해서만큼은 덤덤해질 필요가 있다. 지나치게 들뜨거나 격해지면 꼭 실망한다.

새 책이 서점에 깔리면 가끔 혼자 가서 한 권 산다. '바로 드림'으로 주문하면 수령할 때 이름을 물어보기 때문에 살 때마다 민망하지만 그래도 산다. 두세 권씩 사고 싶을 때도 있지만 딱 한 권만 산다. 내 이름을 대고 내 이름이 쓰인 책을 여러 권 사는 일에는 생각보다 두꺼운 얼굴이 필요하다. 여러 권 사서 선물할 일이 있을 때는 출판사를 통해 구입하거나 온라인 서점을 이용한다. 그런데 그날은 편집자가 제안했다.

"우리 책 한 권씩 살까요?"

"그래요!"

습관적으로 밑에 있는 깨끗한 책으로 고르려 했던 나와는 달리 그는 띠지도 사라지고 표지도 이미 구겨진 책을 집어 들었다. "이걸로 사야겠어요." 온 얼굴로 왜냐고 묻게 됐지만 이유는 듣지 않아도 알 것 같았다. 그날부로 그 편집자를 더욱 신뢰하게 되었으니까. 그리고 그날 이후 나 역시 그렇게 한다.

서점은 누구나 갈 수 있고, 누구나 마음껏 책을 읽을 수 있는 공간이다. 같은 이유로 새 책도 금세 헌책이 되어 버리는 곳이기도 하다. 여러 번 사람들 손에 들려 읽힌 책은 표지에 때가 묻고 이곳저곳 구겨진다. 누군가는 마치 이미 계산을 마친 책인 양 책등을 휙 젖혀 읽고, 책장에 음료수나 침을 묻힌다. 심지어 책장을 접고, 페이지를 찢고, 펜으로 줄까지 긋는 사람도 있다고 하니…… 이런 책은 당연히 팔리지 않고, 너덜

너덜해진 채로 출판사에 반품된다. 그리고 그로 인한 손해는 출판사와 저자의 몫이다.

　이러한 유통 시스템이 이해되지도 않지만, 그렇다고 가슴만 치고 있을 수는 없는 노릇이라 편집자는 그런 습관을 갖게 되었나 보다. 서점에 갈 때마다 자신이 만든 책이 어디에 놓여 있는지만큼이나 자세히 살피는 것은 띠지가 찢어진 책, 표지가 구겨진 책, 낡아서 아무도 안 살 것 같은 책. 그리고 그걸 골라 구매한다. 그렇게 사들인 책이 편집자 집 책장 한구석에 조르르 꽂혀 있을 생각을 하면 가슴 깊은 곳에서 작은 한숨이 흐른다. 누구보다 새 책으로 멋지게 꽂아 놓고 싶은 사람이 그 아니겠는가.

　언제인가부터 나도 서점에 갈 때마다 가장 낡은 책을 고른다. 내 책은 물론이고 아는 사람이 쓴 책, 좋아하는 작가가 쓴 책을 살 때도 그렇게 한다. '깨끗한 책은 다른 독자분들 거예요.'라는 심정으로 자체적으로 재고를 소진한다. 가끔 나 하나 그런다고 해서 무슨 변화가 있겠나 싶지마는, 할 줄 아는 게 그런 거밖에 없어서 그거라도 한다.

　표지가 반들반들한 새 책을 집어 들 때의 신선한 기분, 아무도 펼친 적 없는 책의 첫 페이지를 펼치고 책등 부분을 손바닥으로 꾹 눌러 '이제부터 읽기 시작'이라는 의식을 치를 때의 설렘, 구겨짐 하나 없이 빳빳한 종이를 한 장 한 장 넘겨 가는 즐거움은 모두에게 똑같이 소중하다. 새 책을 사는 이유는 그와 같은 시간이 좋아서이기도 하다.

그런 마음을 누구보다 잘 알고 있는 편집자는 같은 이유로 가장 헌책을 산다. 그의 그 마음을 떠올릴 때마다 여전히 감동한다. 책을 만드는 사람으로서, 책을 아끼는 사람으로서 그는 그 행동 하나로 나에게 많은 걸 가르쳐 주었다.

이 원고가 언젠가 책으로 엮여 세상 빛을 보는 날에도 나는 서점에 갈 것이다. 가서 잘 있는지, 아픈 덴 없는지, 여전히 아름다운지 살펴보고 그중에서 가장 걱정스러워 보이는 것으로 한 권 들고 올 거다. 그 편집자를 위해서는 가장 깨끗한 걸로 골라야지. 이번만큼은 아직 아무도 읽지 않았을 한 권을 골라 편지 같은 사인을 꾹꾹 눌러 써 보내 주어야지.

달달한 말만 듣고 싶어

얼마 전, 심리 상담을 받을 때 글쓰기에 대한 이야기를 나누던 중이었는데 선생님이 이런 말씀을 하셨다. "김신회 씨는 가르치는 걸 좋아하는 것 같아요." 무슨 뜻인지 이해가 안 가서 다시 물었다. "네? 가르치는 일을 좋아한다고요?"

"아니요. 가르치는 글을 쓰는 걸 좋아한다고요. 김신회 씨 책을 읽어 보니까, 글로 누군가를 가르치고, 바로잡는 걸 좋아한다는 게 느껴졌어요. 모범 소녀가 세상에 외치는 것 같은?"

"네⋯⋯. 제가 바른 생활 인간이긴 하죠."

"네. 글에서도 그게 느껴졌어요. 김신회 씨 머릿속에는 확실한 생각과 기준이 있어서 그걸 올곧게 주장하는 느낌이었어요."

아⋯⋯. 근데요. 갑자기 왜 이런 말을 하는 거예요. 이야

196

기를 들을수록 표정 관리가 안 됐다. 그래서, 지금, 제가, 글을 통해, 꼰대짓을, 하고 있다는 뜻입니까? 뭐라고 받아들여야 할지 몰라 어리둥절해 하고 있었더니 선생님이 질문하셨다. "이런 이야기를 들으니까 어떠세요?"

"굉장히 당황스럽네요. 가슴이 뛰고요."

"아. 당황스러우시군요?"

"네. 그리고 무례하다는 생각이 드네요."

"무례하다는 생각이 드는군요."

"네. 선생님은 제 독자가 아니신가 봐요. 제 책도 안 읽으시잖아요. 선생님은 땡이에요, 땡."

선생님 앞에서 집게손가락을 들어 여러 번 엑스자를 쳤다. "제 글에 대해 충고하는 사람들은 죄다 글 안 쓰는 사람들이에요. 선생님도 책 써 보세요. 그런 말 안 나올걸요."

집에 돌아와서도 분이 풀리지 않았다. 누가 내 글에 대해서 말해 달랬어? 요즘 글쓰기가 힘들고, 새 책 콘셉트를 어떻게 잡아야 할지 고민이라고만 얘기한 건데 왜 내 글에 대해 이러쿵저러쿵이야. 웃기고 있어. 열 받아서 그다음 상담은 취소해 버렸다. 당분간 선생님 얼굴은 보기도 싫었다.

그런데 며칠 지나 선생님 말씀에 왜 그렇게 격한 반응을 보였던 건지 생각해 보게 됐다. 아니 뭐, 내 책을 읽고 든 생각을 이야기할 수도 있는 거잖아. 그동안 더한 리뷰도 많이 받아

봤는데 뭐. 예전에 상담할 때 들은 이야기도 떠올랐다. "어떤 사안에 대해 통념상 기대되는 반응이 있지요. 사람들이 보일 수 있는 평균적인 반응 같은 것이요. 하지만 그것보다 내가 더 격하게 반응한다? 아니면 너무 덜 반응한다? 이런 건 다 내 안에서 만들어지는 반응이에요."

그렇다면 지금 이 반응 역시 내 안에서 만들어진 반응이란 얘긴가? 지나치게 씩씩거리고 있다는 건 알겠는데, 그렇다고 마음이 수그러드는 건 아니었다. 어! 과민 반응 맞아! 근데 뭐!

며칠 뒤 친언니를 만나서 속상한 마음을 털어놓았다. 가만히 이야기를 듣던 언니는 작지만 딱딱해서 맞으면 아픈 공을 툭 던지듯 말했다. "달달한 말만 들으려고 하지 마." 서서히 표정이 변하는 나를 향해 언니는 계속 말을 이어 갔다.

"글에 대한 피드백을 받을 때는 이런 이야기도 들을 수 있고, 저런 이야기도 들을 수 있다고 생각해야지. 네 친구들은 좋은 이야기만 하지? 친구들이니까. 근데 그런 이야기가 다가 아니라고. 너하고 취향이랑 생각이 다른 사람들이 하는 이야기 중에 진짜가 있을 수 있어. 그런 걸 귀담아들어야 자기 세계에 빠지지 않고 글 쓸 수 있지."

아…… 예. 요새 사람들이 나한테 충고를 많이 하네? 나는 그저 요즘 새 책을 준비하는 과정에서 고단하다고 이야기하고, 적당량의 위로를 얻으려 했을 뿐인데. 나를 기죽이는 사람 흥 좀 보면서 단란한 티타임을 이어 가고 싶었던 건데. 언니는 숙연하게 커피만 홀짝이는 나를 향해 또 치고 나왔다. "달달한 이야기는 안 들어도 되는 얘기야. 달달함에 속지 마라." 그러면서 같이 먹으려고 주문한 달달한 레드벨벳 케이크를 자기 혼자 다 먹고 있었다. 언니나 달달함에 속지 마라.

언니와 헤어지고 집으로 오는 길에 생각했다. 나는 칭찬을 들어야 더 잘하고 싶어지는 사람이라 평소 칭찬만 듣고 싶어 한다는 걸 잘 알고 있다. 반대로 충고나 조언을 들으면 마음이 확 닫히면서 안 부려도 될 고집을 부리거나 꽈배기가 되어 버린다. 혹시 선생님은 내가 당신의 말씀에 어떻게 반응하는지 보고 싶으셨던 걸까? 언니가 한 말은 불편해도 들어 봄 직한 말이었던 걸까? 두 사람과의 대화를 통해 기분이 가라앉긴 했지만, 이 기분을 그냥 넘겨 버리면 안 될 것 같았다.

며칠 뒤, 친구 ㅈ을 만나 언니 이야기를 했다. 충고를 못 받아들이는 내가 답답하지만, 그렇다고 그 말이 귀에 쏙쏙 들어오는 건 아니어서 난감하다고 말했더니 ㅈ이 그랬다. "근데요, 언니. 다들 그렇지 않아요? 저도 누가 제가 만든 것에 대해 자꾸 충고하면 듣기 싫어요. 특히 친한 사람들이 그러면 더 싫어요. 친한 사람들한테는 좋은 이야기만 듣고 싶어요. 안 좋은 이야기는 밖에서 충분히 듣는데, 가까운 사람들한테까지 들어야 돼요?"

그래, 이거야 이거! 나는 늘 달달한 이야기만 듣고 싶어 하는 게 아니라, 내게 달달한 이야기만 해 주었으면 하는 사람들에게서는 달달한 이야기만 듣고 싶은 거라고! 나를 아끼는 사람들에게서는 충고나 조언보다 지지를 얻고 싶은 거라고! 그 말은 결국 나 좀 더 예뻐해 달라는 얘기라고! 인정하기는 조금 창피했지만 ㅈ이 딱 내 맘 같은 말을 해 준 것 같아서 매달리듯 물었다. "그렇지? 나만 그런 거 아니지?"

"아니죠! 당연히 언니만 그런 거 아니죠!" 이래서 내가 ㅈ을 사랑한다.

자기 일에 늘 확신을 갖고 임하는 사람이 얼마나 될까. 그리고 그 확신이 일이 되게 만드는 경우는 또 얼마나 있을까. 혼자 내용을 정하고, 쓰고, 고치고, 세상에 내놓는 일은 즐겁고 보람차지만 그만큼 외로운 작업이기도 하다. 작업하는 내내 '이거 맞아? 너 이거 확실해?'라고 스스로 수백 번 물어보기 마련이라 결과물이 나오면 적어도 가까운 사람들에게는 지지를 받고 싶다.

그렇다고 "좋았어.", "재미있더라."라는 짤막한 감상만 들려 달라는 얘기가 아니다. 충분히 읽어 본 다음에, 마음을 담아서, 내가 들인 노력을 알아주고 나의 미래를 응원함과 동시에 애정도 담뿍 느껴지는 피드백을 받고 싶은 것이다. 안다. 참 까다롭다는 거. 나도 못 하는 걸 남에게 바라고 앉아 있다는 거. 그래도 좀 해 주면 안 됩니까.

2주 뒤, 상담하러 가서 선생님에게 말했다.

"선생님, 저 상담 오기 싫었어요. 선생님이 제 글에 대해 하신 말씀 때문에 오기 싫더라고요. 그런데 알겠더라고요. 선생님한테는 좋은 말만 듣고 싶었던 것 같아요. 저한테 선생님은 그런 사람이니까요. 2년 가까이 선생님이랑 상담해 오면서 선생님에게 신뢰가 쌓였나 봐요. 가까운 사람들에게는 달달한 말만 듣고 싶단 말이에요."

물줄기처럼 이어지는 고백에 선생님은 이런 표정 저런 표정을 짓다가 말씀하셨다. "그랬군요. 저는 몰랐어요. 그렇게 솔직하게 이야기해 줘서 고마워요. 저는 김신회 씨가 저에게 어떤 이야기를 해도 마음 상하지 않아요. 오히려 기쁘고 더 듣고 싶어요." 선생님의 그 말에 용기를 얻어 그날은 더 길고 진하게 푸념을 했다. 선생님의 얼굴에 언뜻언뜻 비치던 당혹감을 나는 봤다.

상담실을 빠져나오면서 그동안의 내 모습을 돌아봤다. 나는 누군가가 만든 것에 대해 칭찬하는 사람이었나? 도움 되는 말이라며 조언과 참견을 더 많이 늘어놓는 사람은 아니었을까. 몇 개의 기억을 떠올려 보니 난감해진다. 몇 년째 소설을 쓰고 있던 전 애인에게는 문단이 지나치게 길다고 충고했었지. 출판 기획안을 써 온 후배에게는 일목요연함이 없어 공감이 덜 간다는 이야기를 했었지. 도움이 될까 하고 머뭇머뭇 꺼낸 이야기였지만 기를 꺾는 말은 아니었을지. 그들 역시 나에게 달달한 말을 먼저 듣고 싶었던 건 아니었을까.

작가들이 모이면 서로의 작품에 대해서는 이야기하지 않는다. 칭찬이라면 얼마든지 하지만 칭찬할 말이 떠오르지 않는 경우에는 그저 입을 다문다. 그걸 그렇게 쓴 데에는 나름의 이유가 있을 거라고 생각하기 때문이다. 무언가를 써서 세상에 내놓는 일에 들인 고민과 고생을 짐작하기 때문이다. 그런데도 나는 그걸 자주 잊는다. 누군가에게 하는 피드백이 날카로우면 날카로울수록 내가 이성적이고 실력 있는 사람이라는 것을 증명하기라도 하듯 찬물을 끼얹는다. 하이고.

이제는 누군가가 쓴 글에 대해 일부러라도 입을 다물어야겠다. 특히 내가 응원하는 작가의 작품이라면 더더욱. 아끼는 사람에게는 더더욱. 칭찬할 수 없을 때는 침묵할 것. '충조평판(충고, 조언, 평가, 판단)'이 떠오를 때 역시 침묵할 것. 대신 칭찬은 아낌없이 건넬 것.

앞으로 에너지 소모를 피하기 위해 친한 사람들에게는 이렇게 말해 봐야지. "좋은 이야기만 해 줘. 나쁜 이야기는 인터넷으로 찾아서 읽을게. 너한테는 좋은 이야기만 듣고 싶어."

이렇게 속 좁은 인간이 나다. 하지만 사람 속은 다 비슷하다고 생각한다.

편지를 쓴다

가끔 내가 바쁘디바쁜 현대 사회 및 기술 발전에 어울리지 않는 사람이라는 것을 실감할 때가 있는데, 그중 하나는 편지를 쓸 때다. 여전히 긴히 할 말이 있을 때마다 편지를 쓴다. 메일이 아닌 손으로 쓰는 편지 말이다. 편지를 부치러 우체국에도 자주 간다. 짤막한 편지 한 통만 보내기가 아쉬워 상대방이 좋아할 만한 선물을 찾고, 이것저것 집어넣어 박스 하나를 만들어 택배로 부치기도 한다.

얼마 전에도 편지를 썼다. 친한 친구들에게 꼭 하고 싶은 말이 있어서였다. 서운했던 일이 있었고, 그것 때문에 관계를 망치고 싶지 않아서 글로나마 솔직하게 털어놓고 싶었다. 만나서 이야기하면 하고 싶었던 말을 까먹을까 봐, 불편한 이야기를 굳이 꺼내 분위기를 망쳤다며 자책하게 될까 봐, 하지만

말로 꺼내지 못한 응어리가 남아 관계를 석연치 않게 만들까 봐 얼굴을 보고 말하는 대신 편지를 쓰기로 한 거였다.

쓰는 내내 얼굴을 보고 말하는 것만큼이나 떨렸다. 몇 번씩이나 손이 후들거려서 수정액을 쓰고 또 쓰느라 깨끗했던 편지지는 어느새 꾸깃꾸깃해졌다. 기껏 써 놓고 나서도 다시 읽어 보니 도저히 부칠 수 없을 것 같아 그냥 찢어 버렸다. 다시 한번 마음을 가다듬어 새로 쓴 편지도 한참 동안 서랍에 넣어 두었다. 진심을 담은 글은 그 진심의 무게만큼이나 묵직했다. 거기에는 털어놓아서 후련한 감정만큼의 두려움과 긴장감도 같이 들어 있었다.

그렇지만 쓸 때만큼은 오로지 내 마음에만 집중할 수 있었다. 우리는 스스로를 잘 알고, 스스로의 감정을 잘 파악하고 사는 것 같지만 과연 그럴까. 누군가에게 진심을 털어놓으면서, 나조차 몰랐던 문장들이 튀어나와 놀랄 때가 있다. 화가 나서 따지려고 쓰기 시작한 편지에다 나는 서운했다고 썼다. '그땐 왜 그랬어?'라고 묻는 대신 '나를 좀 봐줘.'라고 이야기했다.

결국 편지로 전하고 싶었던 마음이 그런 거였다. 더 존중받고 싶은 마음. 보다 더 사랑받고 싶은 마음. 내가 쓴 한 글자 한 글자를 따라가며 상대가 나의 마음을 가만히 들여다봐 주었으면 하는 마음. 같은 이유로 우리가 편지를 주고받지 않게 되었는지도 모른다. 진심을 마주하는 데에는 용기가 필요하니까. 용기를 내는 일에는 생각보다 많은 에너지가 드니까.

편지의 서글픈 특징은 내가 쓴 편지를 나는 더 이상 읽을 수 없다는 것이다. 그때에는 진심이 분명했을 그 마음을 부치고 나면 조금 잊어버리게 된다. 며칠 뒤에 상대방은 조금 색이 바랜 진심을 뜨겁게 받아들이고, 나는 답장을 받을 때마다 얼떨떨하다. 그럴 때는 생각한다. 아, 이 사람의 진심도 지금쯤 조금 바래 있겠지. 시간 차를 두고 찾아온 그 마음에 어리둥절하기도, 벅차기도 하지만 그래서 더욱 진심 같다. 불안정하고, 서툴러서 더욱 진짜 같다.

앞으로도 하고 싶은 말이 생길 때마다 편지를 쓸 거다. 모두가 메일을 귀찮아 하고, 카톡에도 초성만을 찍어 보내는 시대에도 나만큼은 편지 쓰는 사람, 먼저 편지 보내는 사람이 되고 싶다. 꾹꾹 눌러쓴 진심이 아끼는 누군가에게 가닿길 바라는 마음으로. 무엇보다 나에게 먼저 솔직해지자는 마음으로.

같은 이유로 몇 년 전부터 크리스마스에는 카드를 쓴다. 한 해 동안 곁에 머물렀던 사람들 얼굴을 하나하나 떠올리면서 그에게 어울릴 만한 카드를 고르고,(그가 좋아하는 동물이나 사물이 그려진 카드, 혹은 그 사람과 닮은 사람 그림이 있는 카드로 고른다.) 하고 싶은 말을 적는다.(평소에는 잘 하지 못하는 따뜻한 말을 잔뜩 쓴다. 마주 보고 말하기에는 민망하니까!) 얼굴을 볼 수 있는 사람에게는 직접 건네고, 그 외 사람들에게는 우편으로 보낸다.

12월이 되면 서른 장에서 마흔 장 정도의 크리스마스 카드를 쓰는데 쓰느라 팔목이 아파도 마음만큼은 뜨뜻하다. 쓰는 동안 울컥하기도 한다. 그만큼 보내는 사람으로서도, 받는 사람에게도 반가운 연례행사라 힘과 마음이 닿는 한 계속하고 싶다. 오로지 자신만을 위해 쓴 문장 몇 줄에 깃든 응원과 애정을 반가워하지 않을 사람은 없을 거라고 믿는다.

시인 박준은 산문집 『운다고 달라지는 일은 아무것도 없겠지만』(난다, 2017)에 이렇게 썼다. "편지는 분노나 미움보다는 애정과 배려에 더 가까운 것"이라고. "편지를 받는 일은 사랑받는 일이고 편지를 쓰는 일은 사랑하는 일"이라고. 읽을 때마다 마음이 누그러지는 이 문장을 참 좋아한다.

그러고 보면 글쓰기 역시 편지를 쓰는 일이다. 우리가 쓰는 글은 누군가를 향한 편지이며, 마음을 보여 주는 도구다. 그래서 글쓰기에 대해 조언할 때 자주 이 말을 한다. "누군가에게 편지를 쓴다는 심정으로 글을 써 보세요. 한 사람을 향한 마음이 더 많은 독자를 감동시킬 수 있어요." 나 역시 누군가에게 편지 쓰듯 글을 쓰는데, 정작 그 글은 나를 향한 편지일 때가 더 많다.

결국 글쓰기란 내가 나에게 하고 싶은 말, 스스로에게 들고 싶은 말을 글로 적어 세상에 내놓는 일이 아닐까. 내가 읽고 싶었던 것을 써서 누군가와 함께 읽는 일. 참으로 비효율적인 작업이지만 그래서 글쓰기를 멈출 수 없다.

　'편지를 쓴다는 생각으로 글을 쓰면 읽는 사람도 편지 읽듯 읽어 줄지도 몰라.' 그런 생각으로 오늘도 쓴다. 내가 쓰는 글은 다 나에게 혹은 누군가에게 보내는 편지다.

조카와 북클럽

중학생인 조카가 방학을 맞이할 때마다 일주일에 한 번씩 만나서 독서 모임을 한다. 함께 읽어 볼 만한 책을 한 권씩 골라 각자 읽은 다음 감상을 나누고, 학교에서 나눠 준 독서록 한 장을 완성한다.

책은 청소년 권장 도서를 참고하거나 내가 좋아하는 책, 조카가 직접 고른 책을 섞어서 뽑는다. 이해하기 어려운 내용이 있을 때는 미리 인터넷으로 자료 조사를 한다. 독서록을 쓸 때는 글쓰기 연습도 같이 한다. 같이 이야기 나누고 독서록 한 장을 정리하는 데 두 시간 정도가 드는데, 다 하고 나면 둘 다 약간 넋이 나간다.

작년에 맨 처음 모임을 앞두고는 잠을 못 잤다. 그 어떤 강연이나 수업보다 긴장됐다. 나는 아이들에게 익숙하지 않다. 어떻게 대해야 할지 몰라서 그렇다. 무슨 이야기를 해야 할지, 할 말이 없으면 안 해도 되는지 모르겠고 떨린다. 이렇게 된 데에는 내가 걸어온 역사적 배경이 있겠지만 그런 건 차차 따져 보기로 하고, 문제는 조카들을 대할 때도 이러한 두근거림을 소량 안고 있다는 거다. 몸과 마음이 좀처럼 풀어지지 않는다.

게다가 중학교에 들어가면서 사춘기에 돌입한 조카는 (내 기준에) 별거 아닌 일에 갑자기 신경질을 내고, (내가 보기에는) 멀쩡히 대화를 나누다가도 난데없이 운다. 그런 모습을 가만히 쳐다보며 침묵을 이어 갈 기백이나, 모든 상황을 하해와 같은 마음으로 이해할 아량도 없어서 그저 되지도 않는 소리나 몇 마디 하고 '반응이 별로구나.' 하고, '그럼 만회해 볼까?' 하는 심정으로 또 헛소리를 해서 분위기를 망치는 식이다. 어렵다.

독서 모임을 하기로 하고 나서 원활한 책 선정 및 진행을 위해 독서 교육에 대한 책, 교육 도서 등을 여러 권 읽었다. 유용하긴 했지만 재미는 없었다. 그러는 동안 내가 얼마나 편중된 독서를 해 왔는지 깨달았다. 이제껏 열심히 읽어 온 책들이 조카와 일주일에 두 시간을 보내는 일에도 도움이 안 된다는 사실을 실감하니 착잡했다.

목석같은 마음을 안고, 조카와 3주간의 독서 모임을 시작했다. 여름 방학이 짧아서 다행이었다. 처음에는 4주를 계획했지만 중간에 조카가 배탈이 나서 모임이 한 번 취소되었는데 좀 반가웠달까.

첫 책으로는 정유정의 『내 인생의 스프링 캠프』(비룡소, 2007)를 골랐다. 책은 두꺼웠고, 중간중간 어떻게 풀어 나가야 할지 어렵게 느껴지는 대목도 있었지만 다행히 조카는 책을 다 읽고 와서, 조곤조곤 소감을 풀어놓았다. 쓰기 어렵게만 보이던 독서록도 착착 써 내려갔다.

반면 나는 너무 지루해서 거의 잘 뻔했다. 원래 독서 모임이 이렇게 재미없는 건가? 아니면 내가 진행을 잘 못하는 건가? 아니면 조카와의 케미가 별로인 건가? 집에서 혼자 책 읽을 때는 괜찮았는데 뭐가 이렇게 덜컹거리는 건가 싶었다.

게다가 조카가 독서록을 작성하는 동안 주로 하게 된 말은 이런 거였다. "여기 단어가 호응이 안 된다.", "표현이 어색한데?", "같은 문장이랑 단어가 중복되고 있어." 자꾸 지적질만 일삼는 내 입을 틀어막고 싶었지만 제어가 되지 않았다. 실컷 말한 다음에 아차 싶어 "잘하고 있어!"라고 덧붙여 보았지만 조카의 얼굴은 이미 어두워져 있었다. 모임을 처음 시작할 때와 다르게 어깨도 한참 내려와 있었다. 내 팔자 주름도 덩달아 깊어졌다.

집으로 돌아가는 길에는 자기혐오에 허우적댔다. 이 모

임을 계획하면서 마음에 굳게 새긴 목표가 하나 있었는데, 조카가 책을 아끼는 사람이 되었으면 좋겠다는 거였다. 이모와의 시간이 숙제하는 시간처럼 느껴지지 않았으면 하는 바람도 있었다. 그런데 나까지 그렇게 졸렸던 걸 보면 조카는 도망치고 싶었던 거 아닐까. 다음 주 만남을 생각하는 것만으로도 짜증 나는 건 아닐까. 마치 야심 차게 무대에 올랐지만 단 한 번도 못 웃기고 내려온 코미디언이 된 것 같았다. 그러나,

그다음 주는 너무나 빨리 찾아 왔고, 두 번째 책 미카엘 올리비에의 『뚱보 내 인생』(바람의 아이들, 2004)을 펼치기 전에 조카에게 지난 시간이 어땠는지 물어보았다. 그랬더니 이러는 게 아닌가. "재미있었어." 의심스러웠다. 혹시 이 애가 나를 위로하는 건가? 힘내라고 다독이는 건가? "진짜? 진짜로? 진심이야?" 하며 똑같은 질문을 반복하는 나를 향해 조카는 "두꺼운 책을 다 읽기가 쉽지 않았어. 이해가 안 가는 어려운 내용도 있었어. 그런데 재미있었어."라고 또박또박 이야기했다.

예상치도 못한 성적표를 받은 것처럼 얼굴이 풀렸다. 무엇보다 조카가 나와의 시간을 즐기고 있다는 사실 하나에 감동했다. '아이들은 내 생각처럼 무서운 존재가 아닐지도 몰라. 어쩌면 나도 아이들과 잘 지낼 수 있을지 몰라.' 그날 모임은 몽글몽글해진 마음 덕분에 부드럽게 풀렸다. 이런저런 이야기를 나누고 나니 두 시간이 훌쩍 지나 있었다.

그렇게 한 주 한 주 함께하는 시간이 늘어 갈수록 서로에 대해 더 알게 되었다. 예상치도 못한 순간에 툭 하고 성숙한 말과 생각을 던지는 조카의 모습도 여러 번 만났다. 내가 어떤 잔소리를 하건 독서록 한 장을 끈기 있게 채워 나가는 모습에, 어떤 책을 제안하건 성실하게 다 읽어 오고 생각을 말하는 모습에 잔잔한 물결 같은 감동이 밀려왔다. 아, 얘가 이렇게 나를 가르치는구나. 결국 이 모임은 나를 위한 거였네.

3주간의 독서 모임을 끝내고 뒤풀이를 했다. 조카를 우리 집에 초대해 둘 다 좋아하는 하와이언 피자를 시켜 먹으며 조카가 좋아하는 예능 프로그램을 봤다. 책거리 선물로는 이 여름을 잊지 말라는 의미로 『열세 살의 여름』(이윤희, 창비, 2019)을 마련했다. 집으로 돌아가는 조카를 버스 정류장까지 데려다주며 말했다. "재미있었어. 이모 너한테 감동했어. 우리 또 하자."

그랬던 게 엊그제 같은데 다음 방학은 엄청 빨리 다가왔고, 우리는 전성희의 『거짓말 학교』(문학동네, 2009)를 첫 작품으로 독서 모임을 재개했다. 겨울 방학은 여름 방학보다 두 배 길어서 두 달 동안 일곱 권의 책을 같이 읽었다. 이번에는 그동안 못 읽은 과학, 역사, 환경, 수학 도서도 읽어 보기로 하고 같이 서점에 가서 책도 골랐다. 나이도, 성격도 다른 둘이지만 재미있는 책을 알아보는 취향만큼은 일치할 때가 많았다. 조카는 한 학기 전에 비해 글솜씨, 독해력, 지구력이 모두 늘어서 만날 때마다 여러 번 나를 놀라게 했다.

아이를 책을 좋아하는 사람으로 키우고 싶은 분들이 있다면 이렇게 말씀드리고 싶다. 대부분의 책에는 교훈이 있으니 일부러 교육적인 책을 고르지 않아도 됩니다. 아이가 흥미로워하는 책으로 골라 주세요. 책 읽고 이야기를 나눌 때, 아이가 어떤 이야기를 하든 일단은 들어 보세요. 아이가 정해진 시간에 책 한 권을 끝까지 못 읽더라도 괜찮다고, 읽은 데까지만 이야기해 보자고 말해 주세요. 칭찬을 많이 하지 않아도 괜찮지만, 지적도 그만큼 참아 보세요. 독서록을 쓸 때는 아이가 어떤 문장을 쓰든 그 아이의 선택이고 생각이니 그대로 인정해 주세요. 이상은 다 내가 못 했던 것들이다. 정확히 내가 안 한 대로만 하면 된다.

조카와 함께 같은 책을 읽으며 두 번의 방학을 보냈다. 나에게도 조카에게도 좋았던 방학이었다. 우리에게는 앞으로 함께할 더 많은 계절이 남아 있다. 함께하는 시간이 거듭될 때마다 조카만큼 나도 성장하길 바라는 건 욕심일까. 이왕 이렇게 된 거 한 가지 욕심을 더 밝히자면, 방학이 약간만 천천히 왔으면 좋겠다는 거다.

한 해를 매듭짓는 법

해마다 겪는 일이지만, 문득 정신 차려 보면 어느새 그해 마지막 달이 돼 있다. 아찔하다. 인간이 성실하게 살든 그렇지 않든 시간은 자기만의 리듬으로 묵묵히 흐른다. 야속할 때도 있지만 가끔은 고맙다. 내 마음과 하등 상관없이 계속되는 무언가가 있다는 사실에 위안을 얻을 때가 있다.

언제인가부터 송년을 위해 사람들을 만나는 자리가 줄어들었다. 1년 내내 안 보고 살던 사이임에도 한 해를 그냥 넘겨 버리기 아쉬워 연말만 되면 꾸역꾸역 모이곤 했는데, 이제는 다들 각자의 자리에서 잘 살고 있겠거니 한다. 그 덕에 지독한 교통 체증을 뚫고 홍대나 이태원으로 발길을 옮기느라, 안 먹던 음식을 먹고 폭음을 하느라 소화 불량과 위염 및 만성 피로를 달고 살던 날들과도 작별했다. 어느새 나에게 가장 어울리는 '한 해를 보내는 법'은 차분하고 오붓하게, 어느 정도의 긴장감을 머금은 사람들과 만나는 일이 됐다.

매년 글쓰기 수업을 하고 있다. 적게는 여덟아홉 명에서 많게는 열다섯 명까지, 짧게는 한 달에서 길게는 두 달 반 정도 글쓰기에 관심 있는 사람들과 모여 글을 쓰고 그 글에 대해 이야기 나누는 자리다. 나의 경우 가을에 열어 겨울에 마무리되는 수업을 자주 맡는 까닭에 종강하고 나면 어느새 한 해가 지나가 있다.

맨 처음 글쓰기 수업을 제안받았을 때 의문이 들었다. 과연 글쓰기를 배우는 일이, 또 가르치는 일이 가능한가? 나는 누군가에게 배우고 나서 글쓰기를 시작했는가? 몇 년 전, 호기심에 소설 작법과 시 창작 수업을 들은 적 있었지만 그 시간을 통해 무언가를 쓰는 행위에 오히려 부담을 갖게 됐다. 그만큼 '수업'이라는 말에 무게가 느껴졌다. 남들보다 몇 년 더 글을 써 왔다는 이유로 내가 해 줄 말이 있기는 할까.

그래서인지 가르치는 사람이 되어 글쓰기 수업을 시작했을 때, 학생들만큼이나 수업이 힘들었다. 매 시간 피피티 앞에서 이런저런 이야기를 늘어놓으면서도 이 빤한 이야기들을 왜 읊고 있는 건지 의문이 들었다. 그런데도 내 앞에서 초롱초롱한 눈동자로 강의 내용을 하나하나 받아 적는 수강생들이 있었고, 그런 모습을 볼 때마다 묻고 싶었다. 뭐 적으시는 거

215

예요? 적을 만한 건 하나도 없는데요.

안타깝게도(!) 내 글쓰기 강의는 반응이 괜찮았고, 그 덕에 해마다 글쓰기 강의를 제안받았다. 안 한다 안 한다 말하면서도 거절하기가 어려워 꼬박꼬박 수락했다. 하지만 점점 마음 한구석은 썩어 들어갔는데 그 이유는 하나, 가르치는 사람으로서 수업이 재미없었기 때문이고 둘, 수업 내용을 하나라도 놓치고 싶어 하지 않는 수강생들의 이글이글한 눈동자가 부담스러웠기 때문이고 셋, 수업을 마칠 때마다 내 안에 있지도 않은 무언가가 탈탈 털린 느낌을 받았기 때문이다.

수업을 끝내고 집에 돌아가서는 늘 술을 마셨다. 취하지 않고는 그날 하루를 마무리할 수 없었다. 빈 맥주캔이 하나둘 늘어날 때마다 아까 했던 말 같지도 않은 말, 어설프게 누군가를 가르치려 했던 태도, 누군가가 최선을 다해 쓴 글을 꼬치꼬치 지적했던 모습이 줄줄이 복기되었다. 나는 선생이 아닌데, 왜 선생질을 하고 있나? 수업한 날은 잠들기 직전까지 몸과 마음이 너덜너덜했다.

되돌아보면 그때는 '나는 글쓰기를 가르칠 자격 없는 사람'이라는 사실을 들키는 게 싫었다. '아니, 내가 뭐라고 수업을 해. 뭐 잘났다고 앞에 나서서 글 쓰는 방법에 대해 중얼거리고 있어. 너나 잘 써, 너도 못 쓰잖아.' 이런 생각을 했다. 그러면서도 멋지게 보이고 싶었다. 글쓰기 혹은 문학에 대해 고

상한 식견과 흔들리지 않는 철학을 가진 사람으로 보이길 바랐다.

힘주어 강의 준비를 하면서도 혹시 내 안에 있는 부족함과 어설픔이 탄로 나지는 않을까 전전긍긍했다. 어렸을 때 봐왔던 선생님의 모습은 그런 게 아니었으니까. 뭐든 준비된, 그 어떤 질문과 의문에도 확실하게 대답해 줄 수 있을 것 같은 어른. 그런데 나는 그런 사람이 아니잖아. 이런 내가 수업이라는 걸 해도 되는가. 내 수업에 실망하는 사람이 있을까 봐 걱정됐다.

이 사실을 깨닫고 나니 더는 글쓰기 수업을 할 수 없었다는 것은 거짓말이고 하기로 한 수업이니 도망칠 순 없었다. 내가 뭘 깨달았든 깨닫지 않았든 하기로 한 일은 마무리해야 한다. 나는 이 시대를 살아가는 성실한 노동자니까. 그런데.

내게 가르칠 자격이 없다는 발견을 하고 나니 수업이 다르게 다가왔다. '나는 아무것도 없음'을 자각하고 나니 하고 싶은 말이 생기기 시작한 거다. 글 쓰면서 겪었던 좌절, 실패, 스스로 쓴 글이 꼴 보기 싫어서 애타던 기억, 내 글을 읽은 누군가에게 받은 호된 피드백 또는 가뭄에 콩 나듯 들은 칭찬……. 그런 것들을 털어놓았을 때 수강생들의 얼굴에 비치던 어리둥절함을 기억한다. '나는 이런 이야기를 들으러 온 게 아닌데.'라고 말하는 듯한 눈빛이었지……. 하지만 계속 떠들었다.

그리고 질문에 대답하기보다 먼저 질문했다. "왜 글을 쓰고 싶으세요? 어떤 글을 쓰고 싶으세요? 어떤 글을 읽을 때 기분이 좋으세요?" 질문은 학생의 역할이라고 생각했는데, 학생들은 대답도 잘했다. 그렇게 이제껏 몰랐던 사람들과 글에 대해 대화 나누는 동안 알게 되었다. 아, 나는 그동안 수업에서 일방적으로 설교하고 있었구나. 그래서 내 안에 있지도 않은 무언가가 탈탈 털리는 기분이 들었던 거구나.

글쓰기 수업에 대한 의심은 여전히 안고 있다. 과연 도움이 되는 시간인지, 글쓰기에 물음표를 품은 사람에게 새로운 돌파구를 안겨 줄 기회인지도 잘 모르겠다. 하지만 어렴풋하게나마 깨닫게 된 것은, 서로가 가진 의문에 대해 이야기 나누는 것만으로도 풀리는 마음이 있다는 것이다. 다른 것도 아닌 오직 글쓰기를 위해 시간과 노력과 돈을 쓰는 괴짜 같은 사람들과의 만남이 주는 묘한 에너지가 있다는 것이다. 서로가 서로의 독자가 되어 각자의 글을 마음으로 읽고, 성심성의껏 피드백을 주고받는 시간이 주는 울컥함 같은 게 분명 있다는 것이다.

이 모든 건 '나는 무언가를 가르쳐야 하는 사람'이라는 강박을 버리고 나서야 경험할 수 있었던 것들이다. 글쓰기 수업은 내가 학생들에게 무언가를 퍼부어 주는 것이 아니라, 학생들과 내가 같이 만들어 가는 시간이라는 걸 이제는 안다.

얼마 전, 또 하나의 글쓰기 수업을 마무리하면서 이 수업을 통해 무언가를 얻은 것은 수강생들이 아닌 나라는 것을 다시 한번 느꼈다. 맞다. 나는 누군가를 가르칠 자격이 없다. 다만 새로운 사람들을 만나 무언가를 배울 자격은 있다. 그 풋콩 같은 마음으로 이다음에 찾아올 글쓰기 수업을 기대해 봐야지. 이제껏 글로 만난 인연들이 새롭게 써 나갈 글을 응원하면서.

개그 욕심 많은 사람

방송 작가로 일한 10여 년 동안 대부분의 시간을 코미디 프로그램을 만드는 데 썼다. '코미디 작가'라는 직업은 나의 천직 같았다. 나는 누구보다 웃기는 일에 집착하는 사람이었기 때문이다.

개그맨들과 매일 아이디어 회의를 하면서 속으로 이런 생각을 했다. '그게 웃겨요? 그게 최선이에요?' 수많은 의견이 무자비하게 오가는 회의실에서 사람들을 빵빵 터트리는 누군가를 볼 때마다 내적으로 팔짱을 끼면서 이랬다. '내가 더 웃겨. 다만 숫기가 없을 뿐이지.' 그렇게 누구보다 웃기고 싶다는, 웃기는 사람이 되어야 한다는 강박에 사로잡혀 있었다.

웃음에 대한 '유노윤호'식의 열정은 사석에서도 이어졌다. 친구들을 만나고 돌아오는 길, 만약 충분히 못 웃겼다는 생각이 들면 그날 하루를 덜 산 것 같았다. 방송 일을 그만두고, 글을 쓰게 되고 나서도 여전했다. 내 글을 읽고 독자들이 많이 웃었으면 좋겠다는 바람이 있었고, 지난번 글보다 지금 쓰는 글로 더 웃기고 싶었다. 독자와의 만남을 가질 때나 인터뷰를 할 때 역시 한 번이라도 더 터트리고 싶어서 발악했다.

사실 알고 있었다. 가슴속에 상처가 깊은 사람일수록 웃음에 집착한다는 것을. 마음에 커다란 슬픔을 가진 사람일수록 누군가를 웃기고 싶어 한다는 것을. 애정 결핍과 유머 감각은 상관관계가 있다고 믿는다. 애정이 부족한 사람일수록 유머 감각이 뛰어나며, 관심과 애정이 고픈 사람이야말로 남을 웃기는 일에 자신의 시간과 에너지를 아낌없이 쓴다. 바로 내가 그런 사람이다.

배우 정우성이 굳이 누군가를 웃길 필요가 있겠는가. 그런 사람은 그냥 가만히 있어도 된다. 오히려 너무 웃기면 뜨악할 것 같다. 그저 그 자리에 있기만 해도 사람이 따르고, 타인에게 많은 관심을 받는 그러한 사람들은 굳이 유머로 서비스 정신을 발휘할 필요가 없다.

하지만 그렇지 않은 사람들에게 유머는 일종의 경쟁력이다. 애정과 관심을 늘 자가 충전해야 살 수 있는 사람은 스스로를 갈아 넣어 웃음을 창조해야 한다. 누군가를 웃길 때 느껴지는 희열, 그로 인해 살아 있다는 실감, 즉각적으로 나타나는 지지와 환대. 그런 것들이 빠져 있는 일상은 뭔가 텅 빈 것 같다.

그러면서도 스스로조차 '이건 아니다' 하고 깨닫는 순간이 있다. 공석에서건 사석에서건 누군가를 웃기고 싶어 안달복달하는 내 모습을 저 멀리서 지켜보는 사람이 된 양 스스로가 몹시 안쓰럽게 느껴지는 순간이 있었다. 그런 나를 정확히 꿰뚫어 보는 사람들도 만났다. 그들은 웃기고자 혈안이 된 나에게 불쑥 이야기했다. "무리하지 마.", "너, 긴장한 것 같아." 그런 말들에 아무렇지 않은 척하곤 했지만 속으로는 휘청거렸다. '네가 날 알아?'라고 생각하면서도 '티 난 거니?' 하고 기운이 빠졌다.

나는 툭하면 울적해지고, 소심한 데다 겁도 많은 사람이라서 그 모습을 숨기기 위해 웃음을 사용했다. 보잘것없는 내 속을 보여 주기 싫어서 재치 있고, 발랄한 모습을 연기해 왔다. '어두운 사람은 사람을 끌지 못해. 이렇게 축 처진 사람은 아무도 좋아하지 않을 거야.' 하며 웃음이라는 든든한 벽 뒤에 숨어 살았다. 연약함을 숨기기 위해 위선이나 위악을 부리듯 집 밖을 나설 때마다 '유머'라는 갑옷을 입었다. 때로는 무겁고 거추장스럽지만 적어도 그 안에서는 안전함을 느낄 수 있었다. 누군가를 웃길 수 있다면 솔직해지지 않아도 되니까. 나는 농담으로 진심을 얼버무렸다.

대부분의 변화는 아는 것에서 시작된다고 했던가. 단, '아는 것'은 '행동하는 것'으로 발전할 때 비로소 빛난다고 했던가. 나의 실체를 알게 된 이상 이제는 좀 내려놓자고 마음먹었다.

요즘은 사람들을 만날 때 덜 열심히 한다. 침묵이나 어색한 시간, 할 말 없음의 상태도 일단은 견뎌 보려 한다. 모든 틈을 웃음으로 채우고 싶어 했던 지난날을 떠올리며 그동안 얼마나 많은 행간을 놓치고 살아왔는지를 깨닫는다. 그러다가도 어떻게든 빵 터트리고 싶은 버릇이 불쑥 튀어나와 난감할 때가 있지만 조금씩 적응해 가는 중이다. 속으로 이런 말을 하면서. '안 웃겨도 돼. 웃기는 것보다 중요한 건 진심을 이야기하는 일이야.'

웃음보다 진심이 더 힘이 세다는 것을 조금씩 알아 간다. 내 글이 재미있다는 누군가의 말은 그 글이 웃기고 위트가 넘친다는 뜻이 아니라, 그 글 안에서 무언가를 느꼈다는 뜻이라는 것도 깨닫고 있다. 웃기지 않더라도, 하고 싶은 이야기를 하면 된다. 자신의 진심을 전하는 일은 열렬한 반응을 얻는 일보다 가치 있는 일이다.

이 사실을 깨닫기까지 오랜 시간이 걸렸다. 그리고 이제는 이런 소망이 생겼다. 웃기는 글보다 마음에 가닿는 글을 쓰고 싶다고. 누군가와 마음으로 가까워지는 법을 깨치고 싶다고. 그런 의미에서 에세이스트로서 나의 새로운 바람은 많이 웃기기가 아니라 '많이 울고 그만큼 웃기'가 됐다.

마음을 어루만지는 마음

　몇 년 전, 내가 쓴 책 한 권이 부쩍 많이 팔리면서부터 삶이 조금 달라졌다. 찾는 사람이 많아졌고, 일상이 분주해졌으며 독자들에게 상찬부터 악플까지 극과 극의 피드백을 다양하게 받았다. 소식이 끊겼던 동창들에게 연락이 오기 시작했고, 건너건너 아는 사람들에게 그동안 응원하고 있었다는 고백도 자주 들었다. 놀랍고 영광스러운 순간이 많았지만 마음은 행복하지 않았다.

　그때 '물 들어왔을 때 노 저어야지.'라는 말을 자주 들었는데, 그건 제일 듣기 싫었던 말이기도 했다. 준비되지 않은 상태에서 쏟아지는 관심과 기회는 매일 방구석에서 조용히 지내던 나에게는 과분하기만 했다. 독자들을 만나고, 강연하고, 책에 사인을 하고 돌아오는 길은 이상하게 허탈하고 서글

폈다. 그럼에도 생애 처음으로 찾아온 기회를 놓쳐서는 안 될 것 같아서 일이 들어오는 족족 하겠다고 했다. 부족한 체력과 깜냥 때문에 허덕였지만 나 스스로도 물 들어왔을 때 노 저어야 한다는 걸 알고 있었다.

밀려드는 일거리에 눌려 서서히 번아웃이 되어 갈 때도 사람들은 물었다. "잘되니 좋지?" 그 질문에 대한 답은 정해져 있는 것 같았다. 그 말을 들을 때마다 겨우 입술을 움직이며 "그렇지."라고 말했지만 그 대답 뒤에는 항상 '그런데……'가 있었다. 머뭇머뭇 그런데 이후의 이야기들, 이를테면 너무 피곤해, 부담스러워, 압박감이 들어, 이상하게 불안해서 잠을 못 자고 있어…… 등을 꺼내 놓았을 때 사람들은 말했다. "그래도 좋잖아.", "감사하게 생각해." 그리고 또 그랬다. "물 들어왔을 때 노 저어야지." 그들은 나의 그런데 이후의 이야기를 듣고 싶어 하지 않는 것 같았다.

일이 풀리면 일상도 잘 풀릴 것 같았지만 그렇지 않았다. 친분을 바탕으로 대놓고 계산기를 두드리며 다가오는 사람들이 있었고, 오해도 쌓였고, 나를 둘러싸고 있던 관계들이 하나둘 망가지기 시작했다. 원치 않는 방향으로 흘러가는 일들에 대해 적극적으로 해명하고 해결하고 싶은 에너지도 없었기 때문에 점점 혼자가 됐고, 우울감과 불안은 깊어지기 시작했다. 자려고 눈을 감으면 내가 책임져야 할 것들이 자꾸 떠올랐다. 일, 미래, 관계들……. 정작 그 안에 나 자신은 쏙 빠져 있었다.

그렇지만 다음 날 아침이면 어김없이 해야 할 일이 있었기에 씻고, 준비하고, 낯선 곳으로 가서 모르는 사람들 앞에서 웃으면서 떠들었다. 아무한테도 내 속을 말할 수 없어서 심리 상담을 받기 시작했다. 상담을 받기 시작한 지 2년이 되어 가는데도 여전히 그 의자에 앉을 때마다 운다.

숲속에 있을 때는 숲을 보지 못한다. 눈앞에 보이는 나뭇가지나 낙엽들, 구르는 돌멩이를 보며 그게 내 세계의 전부라고 생각한다. 우울이라는 우물에 빠져 있을 때는 내가 가진 것들과 나를 지탱해 주는 것들이 눈에 들어오지 않았다. 몇 년이 지난 지금에서야 그때 분명 나를 어루만지는 마음들이 있었다는 것을 깨닫고 있다. 그들은 시간이 훌쩍 지난 지금까지 여전히 내 마음을 헤아린다.

얼마 전, 여러모로 불안정하던 시절의 나를 알고 있는 친구 ㅅ을 오랜만에 만났다. 그는 술을 따라 주면서 물었다. "언니, 힘들었을 것 같아." 나는 다시 물었다. "너도 그런 거 알지?" "응, 당연히 알지." 그 말에 가만히 고개를 끄덕이면서 내가 이 사람을 좋아하는 이유는, 몇 년 만에 만난 나에게 "잘되니까 좋지?"라고 말하지 않는 사람이기 때문이라는 걸 깨달았다.

그날은 오랜만에 엉망진창으로 취했다. 헤어질 때는 나도 모르게 ㅅ을 꼭 껴안고 한참을 놔주지 않았는데 ㅅ은 피하지도, 밀어내지도 않고 그저 가만히 있어 주었다.

몇 달 전, 오랜 친구 ㅅ과 밥을 먹으러 갔다. 그때 ㅅ은 이런저런 힘든 일에 초췌해진 내 얼굴을 안 보는 척 하면서 말했다. "나는 네가 당분간 돈 걱정 안 하고 글 쓸 수 있어서 얼마나 좋은지 몰라." 그러면서 울기 시작했는데 그걸 보고 겨우 "고마워."라고 말한 다음 나도 따라 울었다.

우리 앞에는 칼국수가 담긴 냄비가 펄펄 끓고 있었다. 냄비 위로 올라오는 연기 때문에 서로의 우는 얼굴이 보이지 않아 다행이었다. 우리는 티슈를 꺼내 한참 눈물 콧물을 닦고 나서 이미 불어 터진 칼국수를 말없이 먹었다. 맛있지도 맛없지도 않던 그 칼국수는 그날 이후 잊을 수 없는 음식이 됐다.

글 쓰는 일을 관둬야 하나 말아야 하나, 진로를 두고 가장 고민이 많았던 시절 함께 공부하던 동생 ㅈ을 만났을 때, 그는 술을 연거푸 마시더니 물었다. "언니, 좋은 일이 있는 사람이 행복하기만 할 거라고 생각하지 않아. 언니가 지금 내려놓고 싶은 게 뭐야?" 그 친구가 왜 그런 질문을 했는지 알 것 같아서 한참 생각에 잠겼다.

분명 뭐라고 대답한 것 같은데 뭐라고 말했는지는 기억이 안 난다. ㅈ은 맥주를 다섯 잔 정도 더 마시고 나서 말했다.

"언니는 나한테 특별한 사람이야." 나도 말했다. "너도 나한테 특별한 사람이야." 우리는 새벽까지 취하도록 마셨고, 비틀비틀하면서도 실실 웃으며 걸었다.

일이 잘 풀린다고 해서 고민이 없는 게 아니고, 많은 사람들이 찾는 사람이라고 해서 외롭지 않은 게 아니다. 이 당연한 사실을 몇 년 전까지만 해도 전혀 몰랐다. 잘나가는 사람들을 보며 속으로 눈을 흘기고 질투하면서 '저들이 부족할 게 뭐 있겠어.'라고 생각했다. 하지만 모두의 상황이 달라도 사람 속은 비슷한 것 같다. 뭘 해도 외롭고 두렵다는 것. 겉으로는 강해 보이는 사람에게도 연약함과 취약함이 들어있다는 것. 그걸 알면서도 나 역시 그런 사람이라는 걸 스스로 깨닫는 일은 쉽지 않다.

그럴 때 나 대신 내 마음을 들여다보게 해 주는 사람들이 있다. 그들은 긴말을 늘어놓는 대신 술을 따라 주고, 밥을 퍼 주고, 나에게 필요한 무언가를 손에 쥐여 주면서 그 체온으로 말한다. '꼭 좋기만 하지 않을 거라는 거 알아.' 그럴 때마다 번번이 위로받고 집으로 돌아와 울었다. "더 대박 나라!", "이제 걱정 없지 뭐." 같은 말보다 따뜻한 그 말에 다시 힘낼 수 있었다. 좋은 사람들 사이에서 뾰족뾰족 가시 돋쳤던 마음도 조금씩 동그래졌다.

그들과 나눈 온기 덕에 나는 습기 찬 터널에서 조금씩 빠져나오고 있다. 이제는 내가 누군가에게 그런 사람이 되어야 겠다고 결심하지만 아직은 시간이 더 필요할 것 같다. 그래서 이런 다짐을 한다. 적어도 누군가에게 물 들어올 때 노 저으라 는 말만큼은 안 하는 사람이 되고 싶다고. 나에게도 그 말만큼 은 안 하는 사람이 되고 싶다고.

그리고 언젠가 말없이 내 품에 안기는 사람이 있다면, 내 친구들이 그랬듯 충분히, 있는 힘껏 안아 주고 싶다.

우리는 서로 때문에 운다

신간이 나오면 작가와 독자가 직접 만나는 일이 하나의 문화로 자리 잡은 뒤로 북토크나 강연을 자주 하게 되었다. 그에 따라 늘어난 게 있다. 내 앞에서 우는 독자들의 숫자다. 예전에도 속 이야기를 꺼내며 눈물짓는 분들을 종종 만났는데, 최근에는 자리가 마련될 때마다 한두 명씩 우는 사람이 있다.

처음에는 놀라우면서도 기뻤다. 하지만 비슷한 일이 반복되다 보니 당황스러웠다. '나는 이 사람을 모르는데, 이 사람은 나를 아는 건가. 그래서 나라는 사람에게 무언가를 기대하는 건가?' 나는 누군가를 잘 위로할 줄 모르고, 근사한 말을 할 수 있는 사람도 아닌데, 생전 처음 보는 사람 앞에서 우는 사람을 어떻게 대해야 하는지 알 수 없었다. 초면이지만 안아주면 되는 건가, 아니면 좀 웃겨 줘야 하나? 힘내라고 말하면 되나? 어차피 힘 안 날 텐데?

　가끔 마음이 지옥 같을 때는 독자들의 그러한 감정 표현이 무겁게 다가왔다. '이렇게 아무렇지 않은 척 떠들고 있지만 제 마음 역시 문드러져 있어요. 진짜 울고 싶은 사람은 저라고요!' 하고 소리치고 싶었지만 그럴 수는 없어서, 집에 와서 혼자 울었다. '나는 언제부터 누군가의 이야기를 들어 주고 눈물을 닦아 주는 사람이 된 건가.'라고 일기를 쓰면서 질질 울었다.

　만나는 자리에 오지 못하는 독자들의 눈물 섞인 메일도 자주 받는다. 거기에는 나로서는 상상할 수 없는 가슴 아픈 이야기들이 한 바닥씩 쓰여 있다. 안타까운 이야기들에 속상하고 가슴 답답해지지만 그 어떤 말을 해도 빤한 리액션이 될 것 같아서 알맹이 없는 답장을 쓰게 된다. 메일 전송 버튼을 누를 때마다 그럴듯하게 써 놓은 말들이 다 쓸모없이 느껴져 허탈할 때도 있다. 누군가를 위로할 때마다 도리어 위로받고 싶은 마음이 커졌다.

　내 글에서 위안과 용기를 얻었다는 사람들의 이야기를 들을 때마다 처음에 고마운 마음이 들었지만, 그뒤로는 부담감이 엄습했다. '내 앞가림도 제대로 못 하는 사람인 내가 누군가를 위로한다는 게 말이 되나?' 또 다른 생각도 이어졌다. '정작 나는 누군가에게 위로받고 있는가?' 내 안의, 나만 아는 연약함과 초라함을 떠올릴 때마다 누구보다 가장 위로가 필요한 사람은 나라고 느꼈다. 만약 내가 사람들에게 무언가를 퍼 주는 사람이라면, 우선 내 안의 구멍부터 채워야 하지 않을까. 그렇다면 그건 누가 채워 주는 거지?

그러면서도 알고 있었다. 내게는 그런 말 할 자격이 없다는 것을. 이미 글과 책으로 과분할 만큼 사랑받은 사람이니까, 그런 양심 없는 소리는 하면 안 될 것 같았다. '나는 누군가를 위로하는 사람이야. 그러니까 위로받는 일은 알아서 해결하자.'라고 생각했다. 그러면서도 늘 마음 한구석이 휑했다.

그러던 어느 날 메일 한 통을 받았다. 독자의 어머니가 보내신 메일이었다. 몇 년 전, 병원 생활을 이어 가던 딸아이가 내 책을 읽고 싶다고 해서 사다 주셨고, 병상에 누운 딸을 위해 그동안 직접 책을 소리 내 읽어 주셨다고 한다. 오랜 기간에 걸쳐 치료받던 딸은 안타깝게도 세상을 떠났고, 이제는 어머니가 딸이 접어 놓은 페이지를 다시 펴서 읽고 계신다고 했다. 딸이 그랬듯 당신 역시 내 책에서 위로를 받고 있다고, 마치 딸이 자신에게 주고 간 선물 같아서 여행 떠날 때도 그 책을 들고 가실 거라고 했다. 메일의 끝에는 좋은 글을 써 줘서 고맙다고 쓰셨다.

담담하게 쓰인 메일을 다 읽고 한참을 멍하니 앉아 있었다. 내 글이 뭐라고. 내가 뭐라고 이런 메일을 다 보내시는 걸까. 내가 뭔데 이런 과분한 인사를 듣고 있는 걸까. 좋은 글을 써 줘서 고맙다니요. 따님이 세상을 떠났잖아요. 어떤 답장을 보내는 게 좋을지 메일을 읽고 또 읽다가 방바닥에 주저앉아 한참 울었다. 그러다 깨달았다. 아, 이런 게 위로구나. 독자들은 이런 방식으로 나를 위로하는구나.

그동안 나는 나만 내 일을 진지하게 여길 뿐, 독자들은 그렇지 않을 거라 생각했다. 내 글을 좋아해 주는 사람들은 언제고 내 글에 실망할 수도 있다고, 지금 받는 관심도 다 한때라고 생각하면서 독자들의 응원을 온전히 믿지 못했다. 그걸 오롯이 믿고 들뜨는 내가 싫어서, 그게 사라지고 나면 실망감에 바닥을 치고 말 나를 알고 있어서였다.

결국 나는 스스로를 믿지 못했다. 툭하면 누군가를 실망시키고 도망치고 싶어 하는 나를 잘 알고 있어서, 위로받았다는 말에 '저한테요?', 힘을 얻었다는 말에 '저는 그런 걸 할 만한 사람이 아닌데요?'라며 못 들은 척 달아나려 했다. 그런 모습을 마주할 때마다 나를 믿지 못하는 사람은 결국 남도 믿지 못한다는 것, 스스로를 위로할 줄 모르는 사람은 남도 위로할 줄 모른다는 것을 깨닫는다. 내 앞에서 눈물 흘리는 사람들을 보며 당황하던 모습은 내 진짜 모습이 맞다. 늘 어쩔 줄 모르는 사람. 뭐가 뭔지 모르는 사람. 그러다 꼭 뒤늦게 알아차리고 후회하는 사람.

'그 책 때문에 힘을 낼 수 있었어요.'라는 문장에서 나는 분명 힘을 얻었다. 위로받았다고 말하는 메일에서 내가 더 위로받았다. 그때는 새 책을 준비하던 시기였지만, 유난히 진도 안 나가는 작업에 무기력증까지 겹쳐 매일 누워서 유튜브만 봤는데. 밥 먹는 것도, 외출하는 것도 내키지 않고, 이러고 있는 스스로가 답답해서 난감하던 시기였는데, 독자의 메일 한 통이 무거운 몸을 일으켜 주는 것 같았다. "여기 당신의 글을 기다리는 사람이 있어요. 그러니 일어나세요." 이제껏 얼마나 많은 응원이 그렇게 나를 이끌어 온 걸까.

한참을 멍하니 앉아 있다가 내가 할 수 있는 건 이런 게 아닌 것 같아서 한강에 갔다. 무작정 달리면서 생각했다. 일단 써야 한다. 더 열심히 해야 한다. 더 고민하고, 더 많은 사람의 마음에 닿는 글을 써야 한다. 곱씹을수록 나답지 않은 말 같아 멋쩍어졌지만 '꼭 그렇게 할게요.'라고 하늘나라로 간 그 친구에게 약속했다.

다음 날, 답장을 보냈다. 어떤 말들을 늘어놓아도 그 마음을 헤아릴 수 없을 것 같아 조심스러웠다. 다 쓰고 나니 모든 문장이 공허하게 느껴졌지만 서둘러 전송 버튼을 눌렀다. 이튿날 독자분은 다시 한번 메일을 보내왔고, 그 메일을 읽고 나는 또 한번 울고 말았다. "작가님이 제 메일을 보고 우셨다는 말에 마음이 많이 쓰여요." 대체 이분은 얼마나 마음이 큰 분인 걸까. 답장을 썼다. "미안해하지 않으셔도 돼요. 따님과 선생님을 위해 울 수 있어서 기뻤어요."

작가와 독자는 서로 얼굴도 모르는 사이지만 분명 이어져 있다. 자기 목소리에 귀 기울여 주는 사람이 있다는 사실 때문에 작가는 글을 쓰고, 그 일을 계속해 나갈 수 있는 것이다. '그래서 고마워요.'라고 생각하는 것은 어쩐지 일방적인 관계 같으니 이제는 더욱 적극적으로 '계속 쓸 테니까 읽어 주세요.'라고 말하고 싶다. 그래야 쓰면서 위로받고, 읽으면서 위로받을 수 있을 테니까. 보이지 않는 누군가를 굳게 믿고 또 그만큼 나를 믿으며 꾸준히 쓰고 싶다.

앞으로도 나는 다양한 독자들을 만나게 될 것이다. 이제는 그들의 눈물 앞에서 우물쭈물하지 않을 것 같다. 우리는 같이 울 거니까. 우리는 서로를 위해 우는 사람들이니까.

에필로그
헤어지지 않기 위한 연습

얼마 전, 가족들이 모여 밥 먹는 자리에서 아빠가 이야기를 꺼내셨다. 만약 당신이 더 나이가 들어 언젠가 자리보전을 하게 되더라도 연명 치료는 받지 않겠다는 서약서에 사인했다는 말씀이었다. 갑작스러운 소식이었지만 그저 가만히 들었다.

아빠는 여전히 매일 아침 같은 시간에 일어나 온 집 안을 청소하고, 늘 대중교통을 이용하며 하루에 두 시간씩 걸어 다니고, 그 덕분인지 크게 편찮으신 데가 없다. 무엇이든 악착같이 모으고 절약하고, 그런 만큼 아등바등 사시는 것처럼 보였기에, 나에게는 좀처럼 이해하기 힘든 사람이었다.

늘 비슷한 모습으로 70여 년의 세월을 쌓아 온 아빠를 바라보면서 이제 겨우 그 삶이 조금씩 이해 가기 시작했는데, 아빠는 어느새 헤어질 준비를 하시는 건가. 나는 아직 이런 얘기를 들을 준비조차 안 돼 있는데.

눈물이 가득 찼다. 테이블 위에서 부글부글 끓고 있는 오리 백숙을 국자로 휘휘 저으면서 부지런히 눈 안으로 눈물을 집어넣었다. 애써 담담한 척 이야기를 나누고 밥을 씹어 삼키면서도 머릿속으로는 앞으로 우리가 함께할 수 있는 시간을 자꾸 계산해 보게 됐다. 아무리 여러 번 손가락을 꼽아 봐도 도무지 길지가 않아 막막해졌다.

요즘은 심리 상담을 받을 때 상실과 이별에 대해 자주 이야기한다. 상담 선생님과 나누는 이야기가 쌓이면 쌓일수록 내가 헤어짐을 유난히 어려워하는 사람이라는 것을 알게 되었다. 나는 사람을 좋아하면서도 그 사람과 멀어질 게 겁나서 늘 '반만 믿자'고 되뇐다. 어렸을 때부터 지금까지 나를 가장 많이 울게 만드는 악몽은 소중한 누군가가 세상을 떠나는 꿈이다. 그렇게 두려움에 떨었음에도 여러 이별을 겪었고, 번번이 무너졌다. 이 책을 쓰는 동안에도 가장 가까웠던 두 사람과 멀어졌다.

비슷한 이유로 일에 대한 계획을 10년 단위로 세운다. 맨 처음부터 프리랜서로 사회생활을 시작했기 때문에 일을 하면서도 늘 내가 어디로 가는 건지, 앞날이 어떻게 풀릴지 알 수 없었다. 그때부터 10년 단위로 계획을 세우는 습관이 생겼는데, 그게 내가 가장 길게 상상해 볼 수 있는 미래였기 때문이다.

좋아하는 글쓰기를 시작하고 나서도 그랬다. 이 일을 10년만 할 수 있어도 나는 복 받은 사람이다, 그렇게 된다면 일을 그만두게 되더라도 미련이 생기지 않을 것 같다고 믿었다. 하지만 10년은 금방이었다.

어느새 에세이를 쓰며 살아온 지 햇수로 13년이 됐다. 스스로 세운 계획을 이미 달성했고 3년이 더해졌기에 더는 무언가를 바라면 안 될 것 같은데 아직도 이 일에 대해 미련이 많다. 아는 것보다 배울 게 많은 것 같고, 하고 싶은 말도 남아 있다. 그래서 언제인가부터 몰래 헤어지는 연습을 했다. 아빠처럼.

'당장 내일 이 일을 그만둘 수도 있다. 내가 원해서 그럴 수도 있겠지만 억지로 내려놓아야 할 수도 있다. 아무도 내 글을 원하지 않을 수도 있고, 열심히 써도 외면당할 수 있다. 그럼 어떻게 해야 하지? 내 인생에서 이 일이 사라지더라도 무사히 살 수 있어야 할 텐데 그땐 뭘 하면 좋을까?' 몇 년 동안 반복해 온 이 생각을 얼마 전부터 다시 하기 시작했다. 하지만 아무리 생각해도 답을 알 수 없었다.

답을 모르겠어서, 사람들을 만나고 다녔다. 자신이 좋아하는 일 하나를 줄곧 놓치지 않는 사람들을 많이 만나고 싶었다. 맘고생, 몸 고생을 수없이 했겠지만 그 모든 걸 애써 삼키고 묵묵히 하루하루 전진하는 사람들. 그들이 만들어 낸 결과물을 보고, 조금씩 위로 향해 가는 소식을 접하고, 수많은 '그럼에도 불구하고'를 딛고 버텨 나가는 모습을 봤다.

그걸 마주하고 돌아올 때마다 눈물을 훔치고 만 것은 나역시 그렇게 버티고 싶었기 때문이다. 서투른 동작과 말투로 그들을 응원하면서 속으로 여러 번 기도했다. '부디 계속해 주세요. 꾸준히 버텨 주세요.' 마치 나 자신에게 하는 말처럼 몇 번씩 중얼거렸다.

답을 모르겠어서, 이 책을 썼다. 내가 좋아서 해 온 일에 대해 생각하고 쓰다 보면 어렴풋하게나마 잡히는 게 있을 것 같았다. 그렇게 글 쓰는 동안, 머릿속에 여러 번 떠오르던 이미지가 있다. 작은 방구석에서 컴퓨터 모니터를 마주 보고 앉아 한 문장을 쓰고 지우고, 또 한 문장을 쓰고 지우고, 어떻게든 자신의 이야기를 글로 꺼내 놓으려 애쓰는 누군가의 모습이다. 그건 곧 내 모습이기도 했고, 이 글을 읽고 있을 당신일 수도 있다. 글쓰기 말고 다른 것은 생각할 여유가 없어서 지금 이 시간에도 빈 모니터와 싸움하듯 골몰하는 사람도 있을 것이다.

그들과 이야기 나누는 심정으로 썼다. 과연 내 이야기가 글이 될 수 있을까? 하루에도 몇 번씩 자신의 글을 의심하고, 그러느라 스스로를 의심하는 일을 반복하는 사람들을 떠올리며 썼다. 나도 그런 사람이기 때문이다.

혼자는 외롭다. 하지만 우리는 혼자가 아니다. 나처럼 온갖 의문을 품으면서도 좋아하는 일을 계속하고 있는 사람들이 여기저기 작은 점처럼 흩어져 있을 것이라는 상상만으로 기운이 날 때가 있다. 어쩌면 나도 누군가에게 그런 존재가 될지 모른다. 그 생각만으로도 마음 깊은 곳에서 부드러운 바람이 분다. 다정한 햇살이 비춘다.

며칠 전 아빠가 말씀하셨다. "니는 인자 혼자 살 거니까, 더 건강해야 한데이." 만날 때마다 내 결혼을 기대하는 말씀을 건네시던 아빠가 그런 말씀을 입 밖으로 꺼내신 건 처음이었다. 무심코 고개를 끄덕이면서도 마음이 이상했다. 이제 아빠는 당신을 둘러싼 여러 가지 것들을 받아들이고 화해하려 하시는 걸까. 그렇게 모든 것과 잘 헤어지는 연습을 하고 계신 걸까. 나는 아직 연습을 시작할 마음조차 없는데.

책을 쓰는 동안 알았다. 나는 아직 글쓰기와도 헤어질 준비가 안 되었다는 것을. 그래서 앞으로는 헤어지지 않기 위한 연습을 할 거다. 당분간 이 일을 그만두겠다는 생각 같은 건 때려치우고, 두 귀를 쫑긋하고, 두 눈을 두리번거리면서 뭐라

도 해 볼 것이다. 좋아하는 일 하나를 꾸준히 해 나가는 사람
들을 응원하면서, 그들을 따라 버텨 볼 것이다. 그러다가 여러
번 넘어지기도 하겠지. 그래도 괜찮다. 다시 일어나면 되니까.

책을 다 쓰고 나서도 해결된 건 하나도 없다. 새롭게 깨
닫고 알게 된 것이 있는지도 모르겠다. 하지만 한 가지 확실한
것은 나는 계속 조금씩 앞으로 나아갈 거라는 것. 다른 건 몰
라도 그거 하나는 할 수 있으니까 그렇게 해 보겠다는 것.
내 글을 읽어 주는 누군가가 있는 한, 나는 혼자가 아니다.

추천의 말

이 책을 읽고 나니 좋아하는 선배 작가와 한나절을 보낸 것 같았다. 쓰는 사람으로서 만나, 쓰는 일에 대해 이야기 나눈 충만한 한나절. 이 책에서 김신회 작가는 글쓰기를 사랑하며 보낸 13년의 시간에 대해 들려준다. 그는 "이렇게 하라"고 말하는 대신, "나는 이렇게 해 왔다"고 말한다. 작업 방식과 하루 일과에 대해, 근로자이자 고용자로서 스스로를 돌보며 사는 삶에 대해 진솔하게 알려 준다. 쓰고 싶지만 도무지 시작하지 못하는 이들에게 주는 처방전도 있다.

이 책과 함께하는 동안 나는 많이 웃었고, 눈물이 고이기도 했고, 은밀하게 품고 있던 '거대한 꿈' 리스트도 적어 보았다. (여러분 꼭 해 보세요. 무척 흥이 납니다!) 담담하게 말하지만 긴 세월의 내공이 느껴지는 문장들 앞에서는 잊지 않으려고 틈틈이 받아 적기도 했다. 그러면서 생각했다. 쓰다 보면 볕이 쨍쨍한 나날도 속수무책으로 비만 내리는 나날도 있겠지. 하지만 그럴 때 이 책을 다시 펼쳐 볼 수 있으니 다행이라고.

—김세희(소설가)

책의 추천사가 갖는 역할이 저자의 진실성에 대한 보증이라면 나야말로 이 지면의 적임자이다. 너무 내향적인 나머지 남 앞에서 언제나 역력하게 긴장하는 얼굴, 그러면서도 결코 포기하지 못하는 개그 욕심, 잘 풀리지 않던 오랜 나날 끝에 경험한 책의 큰 성공과 그 이후 찾아온 다양한 부침들, 동료 작가들에게 상처 주고 싶어 하지 않는 착한 마음과 한강에 대한 애정까지도 나는 김신회의 친구로서 이 모든 것이 과장이나 거짓 없이 모두 진실임을 보증할 수 있다. 그리고 바로 그 부분에, 주인공으로서 당연히 누리고 싶은 멋을 위해 자기가 자기를 꾸미거나 과장하는 일 없이 진실과 진심만 가지고 자기 글을 완수하는 그 태도를 통해 '진솔하다'는 위대한 단어를 제대로 배울 수 있었다. 좋은 사람이 되어야 좋은 글을 쓴다는 말에 늘 회의적이지만 이 책 앞에서는 수긍해야 할 것 같다.

—요조(뮤지션, 작가)

김신회

전업 에세이스트. 더 오래 더 많이 쓰고 싶어서 규칙적으로 쉬고, 놀고, 운동한다.
『보노보노처럼 살다니 다행이야』, 『아무튼, 여름』 등 열세 권의 책을 썼고 『보노보노 인생상담』을
우리말로 옮겼다.

메일: taipeik@gmail.com
인스타그램: @maison_de_kimshin

심심과
열심 나를 지키는 글쓰기

1판 1쇄 펴냄 2020년 7월 10일
1판 4쇄 펴냄 2023년 7월 25일

지은이   김신회
발행인   박근섭, 박상준
펴낸곳   (주)민음사
출판등록 1966. 5. 19. (제16-490호)
주소   서울시 강남구 도산대로1길 62
          강남출판문화센터 5층 (06027)
대표전화 02-515-2000 팩시밀리 02-515-2007
www.minumsa.com